灼眼のシャナIV

高橋弥七郎
イラスト／いとうのいぢ

Design・Yoshihiko Kamabe

灼眼のシャナⅣ

1　霧中の異界

「おまえなんかに、絶対に負けない!!」

轟とあがった咆哮に驚いて、坂井悠二は御崎高校の屋上から、裏庭に向けて声を放った。

「シャナ!?」

答えは返ってこない。代わりに、ダダン、と硬く壁を蹴る音を置いて、一人の少女が屋上まで飛び上がってきた。宙に浮く間も惜しいのか、フェンスの上縁を掴んで反転、悠二の眼前に着地する。

見慣れているはずのその姿を目にして、しかし悠二は思わず、息を呑んでいた。

炎髪が火の粉を舞い咲かせ、黒衣が大きくはためき、大太刀が鋭く閃く。

そして、紅蓮の灼眼が壮絶な怒りを点し、煌いていた。

美しさではない、力強さに見惚れること半秒、悠二は目の前に降り立った少女、『炎髪灼眼の討ち手』シャナに訊く。

「と、〝徒〟は裏庭かい!?」

「えっ？」

世界のバランスを守るため、異世界の住人〝紅世の徒〟を討滅する異能者・フレイムヘイズたる少女は、なぜか驚きを顔に表した。

それを不思議に思いつつも、悠二は恐る恐る、裏庭に面したフェンスに近付く。

「さっき、負けないとか怒鳴ってただろ？」

「あ――」

シャナはようやく、自分の言動を悠二が誤解していることに気付いた。

「大きな気配は市街の方にあるけど、なにかラミーみたいに特別な奴が……」

悠二が裏庭を見下ろそうとする。

シャナは、それだけのことが、とても恐ろしく、嫌だった。

その、今ははっきりと分かる理由が、彼女を衝き動かす。

「いいの」

シャナは悠二の手を取り、引っ張っていた。

自分がそこで叫んだことの意味を知られたくない、という理屈からではない。

そこにいる少女の姿を見せるのが嫌だ、という感情からだった。

とにかく、絶対に、見せたくなかった。

「え、だって」

「いいの！」

シャナは恐さの裏返しである怒鳴り声を上げた。悠二がそれに驚く様子に少し怯み、そしてそんなことを感じた自分にも怯む。それを隠すため、ことさらに声を強くする。

「そっちじゃない。〝徒〟じゃないの、大丈夫」

「……？　わ、分かったよ」

本当は全然分からなかったが、悠二はそう答えた。まるで駄々っ子のように頬を膨らませて言う――と彼には見えた――シャナの姿には、そう答えさせるだけの切実さがあった。そうでなくても、この状況への対処は一刻を争うはずだった。彼女に手を引かれるまま、裏庭と反対の正門側、大通りから市街地までを見渡せるフェンスの際に立つ。

二人の前に、異界が広がっていた。

自分たちのいる市立御崎高校を含めた西側住宅地。

御崎市の中央を割って滔滔と流れる真南川と、それを挟む高い堤防。

市の中心に渡された大鉄橋・御崎大橋。

その向こうに高いビルを林立させる東側市街地。

これら見慣れた風景を、山吹色に光る霧が覆い、不気味に彩っていた。濃く薄く、全体を隠したり見せたりしながらたゆたうそれは、真昼の空を薄くぼやかし、陽光を山吹の内に妖しく紛らせている。

そしてなにより、それら眼下の全てから動きと音が失われ、静止していた。

悠二は、この霧の奥からにじり寄ってくる、なにかの気配を感じる。たった今まで、この霧に覆われるまで全く感じなかった『本来この世に存在しないものの違和感』……〝紅世の徒〟の気配を。

「じゃあ、この気持ち悪い霧や封絶みたいな感じは……あっちの気配の仕業？」

「そう、あそこにいる〝紅世の徒〟の、ね」

シャナの煌く灼眼も、悠二と見つめる方角を同じくする。

「それだけじゃない。市街の辺りにも、凄く大きな奴がいて……戦ってる」

悠二は彼女に頷き返すことができた。

数度の戦いを経たためか、あるいは毎夜の鍛錬のおかげか、彼の〝紅世の徒〟の気配に対する感覚は、かなり鋭敏になっていた。大きな気配を持つ〝徒〟と相対して自在法を振るっている、もう一つの獰猛な気配が誰なのかも、はっきりと分かった。

「相手は……あの人か」

以前、互いの信念の相違から激突した、シャナと同じフレイムヘイズの女性。

悠二は、戦闘狂とも言うべき彼女と〝王〟がまだ御崎市にいることを薄々察し、物騒に思っていたが、この際それはシャナの助けとなっているようだった。彼女の、フレイムヘイズとしての強さだけは折り紙付きだから、共同戦線を張る上では心強い。

「相手は最低二人……私は近付いてくる方を片付ければいいわけね、アラストール」

「うむ」

当座の方針を確認するシャナに、重く低い男の声で答えたのは、彼女の胸元にある、黒い球に金のリングを交叉(こうさ)させた意匠(いしょう)のペンダント。

この遠雷の如き声の主は、シャナと契約し異能を与える〝紅世の王〟の一人、〝天壌(てんじょう)の劫火(ごうか)〟アラストール。本体をシャナの内に眠(ねむ)らせる彼(?)は、このペンダント型の神器〝コキュートス〟に、意思のみを表出させているのだった。

「戦場の環境を繰る自在師のようだ。敵本体だけでなく、周囲にも気を配るのだぞ」

「うん」

シャナは、彼に対しては素直に頷く。

悠二は山吹色(やまぶきいろ)に霞む空に目を転じた。

「戦場……この霧みたいなのは、やっぱり〝封絶〟なのか？」

封絶とは、ドーム状の因果(いんが)孤立空間である。その内部を世界の流れから切り離すことで、外部から隔離(かくり)・隠蔽(いんぺい)する……〝紅世の徒〟が人間の〝存在の力〟を喰らう際、隠れ蓑(みの)として多用する不思議の術、〝自在法〟の一つだった。

「そうみたい。でも、こんなに大きなものを張る意味が、よく分からない」

封絶の中で動けるのは、原則的に〝紅世の徒〟か〝紅世の王〟と契約した異能者・フレイムヘイズのみである。通常、互いが近くに存在する場合、この空間は決闘場として機能するが、それをここまで広くする意味はあまりない。むしろ自身の原動力たる〝存在の力〟を無駄に消耗したり、その維持に苦労したりするだけのはずだった。

「ただの封絶じゃなくて、なにか、手のこんだ罠なのかな？」

悠二は嫌な予感を声にした。

ちなみに、悠二は〝徒〟でもフレイムヘイズでもない。〝徒〟に喰われた人間の代替物〝トーチ〟であり、またその中に〝紅世〟の宝具を収めた〝ミステス〟という特殊な存在だった。

彼の蔵した、時の事象に干渉する特別な宝具『零時迷子』が、常人の静止する封絶の中でも彼に自由な行動を許している。もっともこの秘宝は、封絶の中で必然的に起こる、戦闘に関する機能を全く持っていないのだが。

シャナは、そんな悠二に頷いてみせる。

「たぶんね。アラストールも知らないの？」

「我の記憶にはないな。近き時代に渡り来た者の、特殊な自在法だろう」

僕はどうしよう、と訊ねかけた悠二の機先を、シャナが制した。

「悠二、おまえはここに隠れてて」

「えっ……」

「今度の戦いは小細工なし、正面からの、力と力の激突になる」

おまえは足手まとい、と言外にシャナは告げていた。

「でも！」

「うるさいうるさいうるさい！　巻き込ませないで!!」

灼眼が突き刺さるような眼光を放ち、反論を封じる。

弱い自分を受け入れはした。駄々をこねることの無意味さも分かっている。時間もない。

それでも、言わずにはいられない。

「隠れてるだけしかできないのか？　他になにか、僕にできることは？」

「……無謀すぎる。戦いなのよ？」

シャナの、今度は頭ごなしに怒鳴りつけるのではない静かな確認は、それゆえに悠二に大きな覚悟を求めた。

アラストールも、容赦なく事実を突きつける。

「しよう、と思うことまでは誰でもできる。だが、いざ事に当たって、的確な狙いを定め、適切な手段を構築することのできる者は少ない。それらの判断を実行するために必要な度胸と運を持つ者は、さらに稀だ」

安直な口先だけの「できる」という答えを許さない、これは悠二に優しくない彼なりの思いやりだった。

無論彼は、自分になにかあればシャナが悲しむ（自意識過剰だろうか？）からこそ言ってくれているのだろうけど……と悠二は思う。

シャナは煌く灼眼を山吹色の霧の中枢に向け、来るべき戦いへの心胆を練る、そのついでのように言う。

「私の結論は、戦いに連れて行くのはダメ、ってこと。この〝徒〟のことは、なにも分かってない。だから私は、おまえを守ることを保証できない。もし『アズュール』で防げる攻撃じゃなかったら、おまえという存在は消滅する。だから連れて行くのには反対」

悠二は声を詰まらせた。彼が紐に通して首に下げている宝具、火除けの指輪『アズュール』は、炎や爆発などを防ぐことができる。しかし、その密かな切り札頼りの自負を、いきなりシャナはぶち壊した。いつものことながら、反論の余地は全くなかった。

アラストールが後を継ぐ。

「我もシャナと同意見だ。〝狩人〟のときのように巻き込まれたわけでもなく、『弔詞の詠み手』のときのように救うべき者もいない。そもそもの参戦の理由がない。戦力外でもある。ゆえに戦いの場への帯同は許されぬ」

今度は根本的な部分で否定された。

感情論で食い下がれるほど、二人は甘くはなかった。血気や勇気だけでなんとかできるほど、容易い戦いでもなかった。悠二は黙るしかない。

しかし、シャナとアラストールは、彼を全く当てにしていないわけではなかった。絶対に本人には言わないが、二人とも彼の、難局において発揮される鋭い判断力だけは認めていた。

アラストールが言う。

「貴様には教育する機会がなかったが……〝徒〟の存在の格に応じた、起こせる現象の規模というものがある」

「？」

なんの話か分からず、悠二は黙って聞く。

「この巨大な封絶のような空間は、我の顕現時に行った以上の規模と現象の複雑さを持っている。今感じている程度の気配しか持たぬ〝徒〟の力だけで起こせるものとは到底思えぬ……この意味が分かるか」

この問いに、シャナとアラストールは期待する。

そして悠二は、期待を違えなかった。

「なにか、宝具か特別な自在法で、この霧の空間は維持されてる……？」

シャナは強く笑って、答える。

「そう。私たちが戦ってる間に、その辺りを調べてみて。目の前の〝徒〟がその手の宝具を持ってたり、自在法を使ったりしてるかもしれない。でも、その仕掛けが〝徒〟当人じゃない、この空間のどこかに配置されてる可能性も、同じくらい大きい」

「それを探すのか」

「あれば、の話だけどね。〝徒〟は、トーチが封絶の中を動くなんて思いもしないだろうから、自由に探索できるはず。〝存在の力〟の流れや〝徒〟の接近は、もう感じられるんでしょう？」

「……うん、多分」

ぶっつけ本番への不安からの頼りない答えに、シャナは少し眉を寄せる。

「しっかりしてよ。自分からなにかやりたい、って言い出したんだから。なにか分かったときも、単独で対処するかどうかの判断、私たちに伝えるときの方法、全部おまえに任せる」

アラストールが付け加えた。

「念のために言っておくが、貴様に託すこの行動は、全くの予防措置に過ぎぬ。そんなことをせずとも、我らがこちらに向かってくる〝徒〟を討滅する、あるいはこの封絶を作る宝具を始末することで、事態は終息するやも知れぬのだ」

「分かってる」

「加えて無論、危険もある。我らが囚われているこの自在法がどのような力を持っているか、それも現状では判断できぬ。あるいは〝燐子〟の現れる可能性さえある」

悠二は、自分が喰われかけたこともある〝徒〟の下僕である怪物〝燐子〟……不吉なその言葉と自分が踏み込む場所の恐ろしさを改めて感じ、しかし重く静かに答える。

「……僕が言い出したことだ。その責任も取るよ」

ゴクリ、と飲み込もうとした唾が、ない。いつの間にか、緊張で口の中はカラカラに乾いていた。

「うむ」

しかしアラストールはそんな悠二に、珍しく満足気な声で答えた。

少しは認められたのかな、と悠二はまだ起こしてもいない行動に、早すぎる充足感を得る。

シャナは隠さず、微笑して頷く。跳躍に備え、フェンスから離れる。

「じゃあ、もう行くわ。できるだけ前に出て戦うから、その間に学校から出て」

「うん」

悠二は、離れ難いシャナの傍らから、なんとか体を動かした。屋上の出口に向かおうとして、ふとフェンス際で静止している友人・池速人の姿が目に入った。思わず声を出していた。

「シャナ！」

飛び出しかけたシャナが振り向く。

「なに」

「学校……皆を、守ってくれるかい？」

シャナも、池の存在に目を留めた。数秒、間を置いてから、明快に答える。

「できる範囲での最善を尽くすことだけは、約束するわ」

「ありがとう。僕もやるよ」

「分かってるわよ」

互いに、短く、確認する。

悠二はこれに、一言軽く付け加えた。

「なんか役に立ったら、ご褒美でもくれよな」

「――っ」

なに馬鹿なこと言ってんの、と返しかけて、シャナは唐突に気が付いた。

（そういえば）

この少年は、なぜここまで頑張ろうとしているのだろうか？　震えて自分に守られていればいいのに。大人しく後ろに隠れていればいいのに。自分もアラストールも、それを責めようとは思わない。なのに、なぜ？

街のため？　その住人のため？　友人のため？　家族のため？　"徒"が許せないから？

（違う）

と思った。自分の全てを、存在を賭けてまで行動する理由。

（――「頑張るよ」――）

そう。

今日の朝、蒼空を前に、風の中で、自分に向けられた言葉の、これは実行なのだった。

（……私の、ため……）

そう思った途端、猛烈な熱さが胸の中に湧き上がってきた。まるでその熱さに連鎖反応したかのように、坂井千草に聞いた言葉が蘇る。

（――「自分の全てに近付けてもいい、自分の全てを任せてもいい……そう誓う行為。それは親しい人たちに対するものと違う、もっと強くてどうしようもない気持ちを表す、決意の形。だから、その決意をさせるのに相応しい相手でなければ絶対にするべきじゃないし、されるべきでもない」――）

悠二と、自分。

悠二と、自分。

悠二と、自分。

誓う行為は――

「ば、馬鹿!!」

「っ!?」

悠二は、シャナが唐突に叫んだので驚いた。なぜか真っ赤になっている。そんなに気に障るような冗談だったろうか？

「ば、馬鹿はないだろ」

「うるさいうるさいうるさい！　やってもないことで、見返りを期待するんじゃないわよ！」

「分かった分かった！　そんなに怒らなくても……」

悠二はシャナの内心には全く気付かず、怒れるフレイムヘイズから逃げ出すつもりで駆け出した。出口の鉄扉を開けて、最後に言う。

「じゃあ、あとで」

「うん」

お互い、気のきいた言葉も交わさず、別れた。

悠二が階段を下りてゆく音をしばらく聞いていたシャナは、いきなり、パン、と空いた方の手で頬を叩いた。

胸元から、黙っていてくれたアラストールが言う。

「ゆくか」

「うん」

悠二に返した言葉と同じとは思えない、強く力を燃え滾らせる声が返される。

それは、フレイムヘイズの声だった。

灼眼を煌かせて、渦巻き迫る山吹色の霧の中枢を見据える。もう、かなり近い。霧の薄れた端々からなにか、のたうつ紐、あるいは蔓らしきものが見え始めていた。

(出来るだけ前進して、学校から引き離す)

シャナは『贄殿遮那』を握る手に力を込め、小さな胸いっぱいに息を吸い込む。

そして気合一閃、

「っはっ!!」

足の裏に紅蓮の爆発が起こり、『炎髪灼眼の討ち手』は、戦場に向けて跳んだ。


御崎市にいたもう一人のフレイムヘイズ、『弔詞の詠み手』マージョリー・ドーは、自分を囲んでいた異界が、いつしか恐ろしい規模にまで広がっていることを知った。

(気配を消すだけの自在法じゃなかったっての?)

などと思うが、しかし深く考えている余裕がない。とりあえずは目の前の問題……自身の命を左右する戦いの方を優先しなければならなかった。

「——よっ!」

疾走の途中、前に出した足を路面に思い切りぶつけ、反動で強引に後方へと跳ぶ。

疾走本来の軌道上に、濁った紫色の爆発が起きた。石畳を弾き飛ばして膨れ上がった炎の中から、その紫色の炎でできた虎の頭が飛び出し、下がるマージョリーを追う。その首から下は不自然に細い管のようになっている。まるで虎のろくろ首だった。

それが反対側からもう一本、下がるマージョリーの背後から、挟み撃ちにせんと迫る。

「!」

虎の牙に挟まれたと知るや、マージョリーはその場で輪舞のステップを踏むようにクルリと回る。その回転の中、華麗に、手にしたドでかい本で追いすがる方、次いで前から迫る方、それぞれの虎の頭をぶっ飛ばした。

「ぎょわっ、だはっ!?」

その、束ねた画板ほどもあるドでかい本から、甲高い悲鳴が上がった。この本型の神器〝グリモア〟に意思を表出させている〝紅世の王〟、マージョリーと契約して彼女に異能を与えている〝蹂躙の爪牙〟マルコシアスのものである。

ぶっ飛ばされて、それぞれ見当違いな方向に逸れた虎の頭は、しかし再び軌道を修正して、いっぱいに開けた口をマージョリーに向ける。

その顎の内に〝存在の力〟の変換を見て取ったマージョリーは跳ぶ。また遅れて虎の口から、紫色の炎が双頭の間を結ぶように迸った。

眼下を不気味な色の炎に彩られて宙を舞うマージョリーは、伊達眼鏡越しに、炎と煙溢れる戦場から、虎のろくろ首の繋がる本体の位置を看破する。

「そこっ!」

大きく振った腕の先から、群青色をした火弾が幾つも撃ち出され、狙い違わず一つ残らず、その本体に命中する。虎の発したものに勝るとも劣らない威力の爆発が起こった。虎のろくろ首は力を失い、地面に落ちる。

マージョリーは着地のついでに、その一本を踏み砕いた。群青色の照り返しの中、ジャケットとバギーパンツをラフに着こなした、モデル裸足の美貌とスタイルを誇る長身がそびえる。

しかしその全体には、戦い疲れというだけでない、どこか気だるい雰囲気があった。いい加減に後ろでまとめた髪を、鬱陶しそうに首だけで払って、言う。

「あ〜、靴、もっときっちりしたの、履いてくりゃ良かった」

「人の宿を乱暴に振り回しといて、最初に言うことはそれかよ、我が薄情なる同志マージョリー・ドー？」

大き目の革靴の爪先を路面でカンカン叩くマージョリーに、マルコシアスは恨み事をぶつける。もちろん、露ほどもそれを気にした風もない答えが返ってくる。

「他に手がなかったのよ。素手じゃ熱そうだったし」

「あーあー、そーかいそーかい」

軽口を叩き合っているようで、しかし両者は毛ほどの油断もしていない。さっきの火弾程度でやられるような敵では決してなかった。

なんといっても、強大なる〝紅世の王〟の一人。なぜか他者の依頼を果たすことに喜びを見出している、酔狂な男（？）。

そしてやはり、火の粉を散らす煙越しに、

「全く本気を出せずにこの戦闘力……さすがはフレイムヘイズ屈指の殺し屋だ。並みの〝徒〟では、君の髪一本焦がせんだろう」

余裕と笑みを匂わせる男の声が、カシャ、パキン、と砕けた歩道の石畳を踏みしめる靴音とともに近付いてくる。

それに連れて、ダークスーツを纏った長身の男が姿を現す。オールバックにしたプラチナブロンド。彫りの深い顔にはサングラスをかけて目線を隠している。

その両腕は、肩から力なくダラリと垂れて、マージョリーの足下で砕かれた一本、路面に転がるもう一本、それぞれの虎のろくろ首に繋がっている。

しかし男には、まだ腕があった。

「ちっ」

マージョリーとマルコシアスは、同時に舌打ちした。

男の右肩から、二本目の右腕が生えていた。

その腕は、虎のろくろ首と同じくダークスーツの袖を伸ばして、しかし手首から先を盾のような形状の甲羅として膨れ上がらせていた。先のマージョリーの攻撃は、この甲羅の盾の表面を黒く焦がしただけで終わっていた。

「だが、この〝千変〟シュドナイを倒すには、弱すぎる」

左肩から、二本目の左腕が伸びて、胸ポケットから煙草の箱を取り出した。それを指で軽く叩き、突き出た一本を、凄みの利いた笑みの端に咥え取る。先端に、濁った紫色の火が自然と点った。

すう、と胸を膨らませて紫煙を吸い込み、その胸にもう一つ、わざとらしく牙だらけの口を開けて吐き出す。頭にある方の口が、端に煙草を寄せて言う。

「本気を出せない理由がなんなのか……興味はあるが、とりあえず先に、殺させてもらおうか。君には多くの盟友を討ち滅ぼされているからな」

マージョリーに踏み砕かれた虎のろくろ首が、もう一本と共に紫の火の粉となって弾ける。シュドナイの肩口でもそれは散って、何事もなかったかのように、彼の腕は二本に戻っていた。同時に、パキパキと音を立てて、その体の輪郭が揺れ始める。胸から吹かれた煙草の紫煙越しに、その両側頭から捻れた角が伸びた。

「趣味の悪い虚仮脅しね、〝千変〟」

マージョリーの、嫌味ではない率直な感想に、シュドナイは煙草を上下させて答える。

「素の自分を常に晒している、と言って欲しいな」

通常、〝紅世の徒〟は一旦取った姿を崩さないが、このシュドナイは〝千変〟の真名の通り、その場の都合に合わせて自在に姿を変えるという、文字通りの『変わり者』だった。

「最近の若い〝徒〟の大半は、人間とその文化様式を愛しすぎて、異形を嫌悪したり陳腐だと思うようになってしまった。封絶普及以前の伝統を守っている〝王〟の一人としては、寂しい限りさ」

言う間に甲羅の盾が縮み、普通の手首へと戻る。さらに間を置かず、スーツを破って両肩が盛り上がり、腕は体に不釣合いに巨大な、紫色に燃える虎縞の毛並みを持つ豪腕となった。そこにあることの違和感が、どんどん増してゆく。

(……よう、マージョリー)

マージョリーの小脇に挟まれた〝グリモア〟から、マルコシアスが二人の間だけに通じる自在法を介して言う。

(なによ)

(ここは一旦退こうぜ。今のおめえと〝千変〟じゃあ、端から勝負になんねえ。〝愛染〟どもの張った、妙な自在法の中にいることでもあるしよ)

(……)

フレイムヘイズとしての長い戦歴を持つ彼女らにとって、それは片手の指で数えるほどしか採ったことのない選択肢だった。そして今回は、その中でもさらに特別の例外となった。

(……そうね)

あっさりと、マージョリーが賛同したのだ。

彼女は気だるい気持ちの中でため息をつく。

戦闘意欲が、全く湧いてこなかった。欠片も感じることができなかった。戦う前から、そうなるのではないか、という不安はあった。同時に、実際に戦ってみれば、また再び燃え上がるのではないか、という希望も持っていた。

しかし、駄目だった。

戦うこと自体は、できる。

しかし、ただの使命感では決定的な力が湧かない。

燃えないのだ。

自身本来の力、〝蹂躙の爪牙〟の契約者としての証、炎の衣『トーガ』を纏うことができないのも、自在法を縦横に繰る『鏖殺の即興詩』を歌えないのも、己を衝き動かしていた巨大で熱い憎悪の炎が、以前の戦いで心からぽっかりと抜け落ちてしまったから。

分かっている。分かっていた。

が、だからといって、なにができるわけでもない。

（なら、逃げるのだって……別にいいわ）

そう、思えてしまうのだった。〝紅世の徒〟どもにとって、恐怖の代名詞、死の同義語とも言われた『弔詞の詠み手』が。我ながら不甲斐ないとは思うが、その気持ちも、

（だからなんなのよ）

で片付いてしまう程度のものだった。逃げる、ということへの引け目さえ感じない。

（こーりゃ、重傷だ）

とマルコシアスは思ったが、口には出さなかった。元より責める気はない。彼女を信じている、などという空々しい感情も抱いていない。そこまで付き合いが浅いわけでも短いわけでも

なかった。思ったのは、

（ま、雨の日ってのもあらーな）

それだけである。

どうしようもないことは、どうしようもない。

なるようにしかならないことは、なるようにしかならない。

「ふう……」

マージョリーは、ゆっくり近付いてくる異形のシュドナイに、再びため息をついてみせた。

そこに混じった群青の火の粉が、急に彼女を囲んで渦巻く。

「むっ？」

そこに自在法の発生を感じたシュドナイは、咄嗟に両手を交叉させて顔を庇った。

その瞬間、火の粉がフラッシのような閃光を撒いて、一斉に弾けた。

が、サングラス越しの視線は、その光に紛れて上空に舞い上がる火球を見つけていた。

（――『弔詞の詠み手』が逃げる!?）

予想外の出来事に驚いたシュドナイは、それでも背中から蝙蝠の羽を生やす。一打ち、風を起こして舞い上がり、そのついでと虎の腕が、傍らに駐車してあった小型バンを鷲掴みに掴み上げた。

「っぬん！」

重さを感じさせない投擲で、バンが火球にぶつけられた。

途端、

「ハズレだ、間抜け」

マルコシアスの声と同時に、火球は大爆発を起こした。

「うおっ……！」

膨れ上がった猛火を、片翼を盾に防いだシュドナイは、ズドン、と重く着地する。

黒煙が晴れて周囲を見れば、彼女が跳んだ場所にあったマンホールの蓋が砕けている。閃光も火球も囮で、こっちへの逃走が本命だったらしい。

人外の形を、全てダークスーツの輪郭の内に収めてから、肩をすくめる。

「やれやれ、なんという抜け目のなさだ。やはり容易い相手ではないな」

思いもよらぬ逃げを打った『弔詞の詠み手』を追うべく、穴の縁に立った彼の背に、

《お待ちなさい、シュドナイ》

と唐突に制止の声がかかった。中年男性の声による優雅な女性口調、という妙なもの。

「？」

シュドナイが振り向くと、そこにはくたびれたスーツに眼鏡という中年の男が立っている。

この男には見覚えがあった。彼の依頼主がここ数日で用意していた、異界を発生させるため仕

掛け、その一つだった。

《もう、そんな奴は放っておいていいから、『オルゴール』の警護について頂戴》

どうやらこれは、依頼主との通信機も兼ねる〝燐子〟の一種であるらしかった。

（こんなんものを使っておいて、人のことを悪趣味と言うかね）

思い、苦笑しつつ、シュドナイは自分の受けた依頼への義務として意見する。

「しかし、放置しておくにはあまりに厄介で危険な存在だぞ。戦闘力だけではない、頭も切れる自在師だ」

現に今も、逃走した後の気配を断ってしまっている。早く追わねば、その痕跡を辿ることも難しくなるだろう。

しかしそんなシュドナイの懸念を、雇い主は中年男性の顔と声で、柔らかに笑い飛ばす。

《あら、〝紅世の王〟たるあなたが、討滅の道具ごときを高く評価したものね》

「相手の成り立ちがなんであれ、それが現実に脅威であれば当然、評価もするさ」

《ろくに戦いもせず、さっさと尻尾を巻いて逃げたようなフレイムヘイズが？　これで見ていたけど、大した自在法も使えていなかったじゃない。とにかく、依頼主が構わないと言っているのだから、素直に従って頂戴な。あんな雑魚、お兄様の用が済んだ、そのついでに料理してやればいい……私たちにも、侮辱された借りがあることだし》

見かけの優雅さとは裏腹の、執念深さが声の端によぎった。

「彼女を見くびるのは、どんな意味からも危険だと思うが」
シュドナイの、自分では妥当と思える評価に、ティリエルは、今度は無闇(むやみ)に明るく転じた声で返す。
《見くびる？　私たちはこの『揺りかごの園(クレイドル・ガーデン)』の中では無敵よ。その唯一の弱点が『オルゴール』だから、それを守ってほしいって言っているの。そんなにおかしな命令かしら？》
「……」
《大丈夫、あなたの意中の人がどんなに優れた自在師でも、私の『揺りかごの園(クレイドル・ガーデン)』の中から逃げることは絶対にできない。むしろ、あなたが『オルゴール』を守ることで、彼女の方からやってきてくれるかもしれないわよ。そのときこそ、あなたへの依頼『私たちをフレイムヘイズから守る』を思う存分、実践してもらうつもり》
「……いいだろう、依頼主の意思を尊重する」
シュドナイは、ようやく折れた。
《結構。あなたが守る場所は——》
満足げな笑みとともに、彼の警護対象のある場所を告げると、依頼主は通信を切った。
中年男性の姿をした〝燐子(りんね)〟はその場で棒立ちになる。即製の、この場で使い潰(つぶ)す消耗(しょうもう)品だからなのか、自律行動ができるほど出来は良くないらしい。しかし一方で、動かなくなったそれは、他の人間と見分けがつかなくなってもいる。手の込んだ偽装(ぎそう)だった。

シュドナイは最後にマンホールを一瞥し、届かぬ暗闇に去った雄敵へと告げる。

「期待と一体の不安、落胆と一体の安堵……君たる存在は、どっちに答えてくれるのかな、殺戮の美姫マージョリー・ドー？」

その雄敵は、〝紅世の王〟の戯言に付き合うどころではない。

「うぎ〰〰臭い〰〰湿っぽい〰〰気持ち悪い〰〰」

「ヒーッヒッヒ、我慢しろい。ご両人の前に出るときにゃ清めてやるからよ」

下水道の中、宙を飛ぶ〝グリモア〟に座る『弔詞の詠み手』は、悲鳴を上げつつ一目散に逃げていった。


大通りに列なす高い街灯の上に、シャナは降り立つ。

炎髪を紅蓮の火の粉で飾り、黒衣をたなびかせて屹立するフレイムヘイズの前に、〝紅世の徒〟の業たる巨大な霧の渦が、大通りを雪崩のように突き進んでくる。

端々に細く先鞭をうねらせ伸ばし、路面を重く這い、壁に強く絡み、中途にある者を物を押し潰してゆく、恐るべき圧力と質量の怒涛。それは、山吹色に輝く〝存在の力〟で構成された一塊の蔓だった。

シャナは大太刀『贄殿遮那』を握る手に過不足ない緊張を込め、不意の攻撃に備える。

しかし、その警戒は必要なかった。

彼女の相対する敵は、自分たちの力に絶対的な自信を持っていた。不意打ちなど、元より考慮の外にあった。それどころか、蔓の雪崩を止め、その上に、華麗に登場する。

その姿の周りに山吹色の霧が巻いて、蔓から離れた木の葉が渦として飾る。

立ち姿は一つ、いるのは二人。

豪奢な金髪を混じらせて抱き合う少年と少女が、小山のように絡む蔓の頂点に立っていた。

少女は抱き締める少年に頬を寄せ、目線だけを流して、高見から妙なる調べを奏でる。

「初めまして」

豪奢な金髪に包まれた美麗の容貌と、ピンと背筋を伸ばした細い体軀、リボンをあしらった鍔広帽子とドレス……まるで等身大のフランス人形のような美少女だった。

「この方は私のお兄様、〝愛染自〟ソラト」

と、美少女はまず、自分が抱き締める、彼女と瓜二つの美少年を紹介する。

その美少年は華美な鎧を身にまとい、手には西洋風の大剣を握っているが、どうにも表情が弱々しい。妹を抱き締める、というより、すがりついているように見えた。

「そして私は、〝愛染他〟ティリエル。あなたは何れ様の契約者かしら?」

シャナは、フレイムヘイズとなって初めて、誰の契約者かと問われた。〝紅世〟にその名を轟かす魔神〝天壌の劫火〟アラストールと、その契約者のことを知らない〝徒〟がいるとは正直、驚きだった。

胸元の〝コキュートス〟に言う。

「アラストールの言ったとおり……かなり若い〝徒〟みたい」

「我が『天道宮』にいた間に渡り来たのだろう」

シャナは絡み合う兄妹を見上げ、堂々と名乗る。

「私は、〝天壌の劫火〟アラストールのフレイムヘイズ、『炎髪灼眼の討ち手』シャナ」

しかしティリエルは、この名を聞いても大した畏怖を表さなかった。アラストールの推測どおり、彼女ら兄妹は、アラストールがこの世に渡り来てから〝紅世〟に生まれ、また彼がこの世から隔離されていた間に渡り来た、若い〝徒〟なのだった。

口にした感想も、

「あら、古い名前」

これだけだった。

シャナは、自分の父や兄、師や友とも思っている魔神が馬鹿にされた様で面白くない。

しかもこの〝愛染の兄妹〟は、彼女が考える以上に無礼で我侭だった。

「まあ、そんなこと、どうでもよろしいわね。あなた自身には、用と言うほどの用はないんですもの。せいぜいが、ついでに遊ぶ相手、という程度かしら」

「……」

シャナは大いに不愉快になった。

他のフレイムヘイズや〝徒〟は、例え見せ掛けでもからかいでも、一応の礼儀というものを持って接することを知っていた。それがこの〝徒〟ときたら。なにより思うのは、

（なんなのよ、こいつら、さっきから……）

抱き合い絡み合いして、それを見せ付けて。

シャナに居丈高に声を放りつつ兄に頬擦りする妹、怯え隠れながら妹にベタベタとくっ付く兄。『体を触れ合わせることは親愛の情の証』と坂井千草は言ったが、それにしてもこの二人のそれは行き過ぎで、どこか納得いかない違和感がある。見ていて気持ちが悪いだけだった。

そう思われていることを分かっているのかいないのか、ティリエルは穏やかかつ傲慢に、シャナに告げる。

「用というのは簡単。あなたのその剣を、私のお兄様に頂きたいの」

「……なんですって？」

「悪いのは頭？　それとも耳？　もう一度言いますわよ――」

「必要ない！」

シャナは足裏の爆発で、立っていた街灯を打ち倒し、跳んだ。弾丸のような勢いで一息に、

身勝手な〝徒〟へと大太刀を突き出す。

「あら」

ティリエルが言う間に、彼女らを乗せていた山吹色の蔓が一斉に伸びて、互いの間に割って入っていた。

「！」

自分の前に蔓で編まれた網を張られたと気付いたシャナは、とっさに刺突のため前に出していた切っ先を後ろに流し、再び振る。蔓は難なく裂け、前への道を開——かなかった。

「なんてせっかちさんかしら」

断ち切られた蔓が全て、四方から生き物のように伸び、彼女を絡め取ってしまったのだ。

「っぐ!?」

首にも巻きついた蔓が、人間なら一締めで引き千切るほどの力をかけ、息を詰まらせる。

そして〝愛染の兄妹〟は、

「どうぞ、お兄様」

「うん！」

その場に全く似合わない声を交わす。

朗らかな勧めと、明るい返事。

ソラトが、全身を絡め取られたシャナに振り向く。その動作は途中から加速し、再び現れた顔は戦闘術者としての冷徹さに静まり返っている。その中、瞳だけが純粋な欲望にキラキラと輝いていた。

華美な鎧の少年剣士は、血色の波紋を揺らす大剣を手に、身動きの取れないシャナの元へと舞い降りる。

「……はあ、ふう、はあ……」

悠二の勇気は、階段を下りきった時点で早くも尽きた。

ただ駆け下りただけで息を切らしていた。

(なに、この程度で疲れてるんだ)

いや、分かっていた。緊張しているのだ。

極限状態における心身の消耗を、悠二は今全身で感じていた。

(あ〜〜もう、この見栄っ張り)

膝から下が引き攣りそうに硬くなるのに、なぜか細かく震える。太股には力が入らない。

肘から先も虚脱感で気持ち悪くなって震えている。立っているだけで肩が凝る。

(シャナの前だからって、いい格好して)

背筋は固まっているくせに力が入らず、まるで背骨が空洞になったよう。

逆に腹はキリキリと痛んで、まるで重たい鉛を飲んだよう。

（アラストールにも、役に立つってことを認めてもらいたがって）

目頭（めがしら）は意味もなく熱くなり、鼻はなにか詰められたように匂（にお）いを感じない。

口の中はカラカラ、舌はヒリヒリ、歯までが血流を感じてズキズキする。

（この無知無茶無謀（むぼう）のバカガキ、いったいなにやってんだ）

まだなにもしていないのに、後悔が襲ってきた。

なにほどのことができるわけでもない。期待もされていない。

（なら、逃げたって、隠れてたって、別に構わないじゃないか）

シャナが自分に全（すべ）てを託（たく）したわけじゃない。

アラストールが自分を頼ったわけでもない。

（やったところで、なんになるってんだ）

今シャナが向かっていった。このまま勝ってしまうかもしれない。

ヒイコラ走る自分の前に舞い降りて、「もう終わったわよ」と言うかもしれない。

（それに、僕は弱い、弱いんだ）

自分の中にある秘宝『零時迷子（れいじまいご）』は、そもそも戦闘用の宝具（ほうぐ）ではない。

襲ってくるのが〝紅世の徒（ぐぜのともがら）〟、あるいは〝燐子（りんね）〟程度でも、軽く殺されてしまう。

（でも）

一階の廊下を、窓の外の光景を、注意深く覗き見る。

〝徒〟の撒き散らす世界の違和感……いわゆる気配はないが、念のためだ。

(決めたんだ、やるって、決めたんだ)

ただの勇気では、ここから先に進めない。

必要なのは、あらゆる感情を制御する冷静さ、的確な道を選ぶ判断力、一粒の幸運。

(どうする、どうする、考えろ、考えろ)

思い通りにならない体を、ただ意志の力だけで動かして、悠二は踏み出す。

シャナのために。ここにいる皆のために。

(いや……気取るな、気張るな、できることを、きっちりするんだ……)

その間、二秒、あったかどうか。

シャナ、刹那の判断が、反射のように体を動かした。全身の力を集中して大太刀『贄殿遮那』を胸の前に無理矢理引き寄せ、ソラトの斬撃を、自分を縛る蔓と交叉するように誘い込んだ。

ソラトは全く考えなしに、彼女を縛る蔓を断ち切りながら、最終目標へと斬り進んだ。

その中途でシャナは、自分を捕縛するだけの数を失った蔓を片手に握り、引き寄せた。

蔓は張力に従って彼女の体を引き寄せ、ソラトの斬撃の軌道上から、その体を外した。

「!?」

ソラトが驚き見やった先で、シャナは既に大太刀を振るって残りの蔓を切り、大きく飛んでいた。

その間、二秒、あったかどうか。

危うく難を逃れたシャナは、黒衣をなびかせて大きく跳び下がった。〝愛染の兄妹〟と向き合ったまま後ろ向きに軽く路面を蹴り、まるで後ろに目がついているかのような正確さで信号機の上に乗る。

「戦力を見誤ったか」

「やるわね」

叱責でも弁解でもない、彼我の初撃における率直な評価をアラストールとシャナは交わす。

大通りの真ん中にそびえる蔓の塊、その頂点でティリエルが口元に手を当てて笑う。

「ふふ、なにをしても無駄ですわよ。この『揺りかごの園』の中での私たちは無敵」

その傍らに、蔓の束に乗ったソラトが再び上がってくる。

「でも、それだとお兄様も楽しめませんから……」

最愛の兄に、蕩けるような視線を送りつつ、口元を隠していた手を鋭く払う。

「!?」

その足下から、数百数千もの蔓が直線状に伸びた。アスファルトや石畳を砕き、ガラス窓を割り、屋根から貫かれた車が爆発炎上し……そのついでのように、静止した人々が幾人も引き千切れる。

シャナの足元の信号機も、その一本の直撃を受けて真ん中からひしゃげ、折れた。

寸前に跳躍して、ビルの壁面に足をかけたシャナは見た。

蜘蛛の巣のように投網のように、大通りを覆い広がる山吹色の蔓を。

その一本の上を曲芸のように疾走してくるソラトを。

「さあ、私は手出しいたしませんわよ。せいぜいの奮闘をなさって」

「ちっ！」

舌打ちしてシャナは跳び、蔓の一本に乗る。

つもりだった。

「!?」

蔓が足を避けた。

「うふ」

愉快気に嘲笑うティリエルに怒りを覚える間も半秒、体勢を崩して宙を自由落下するシャナの至近に、ソラトの欲望そのもののような声が迫る。

「『にえとののしゃな』！」

シャナはまるでそれが本能のように、声に重なる斬撃の気配に大太刀を合わせる。

バガン、と恐ろしい衝撃が頬に数センチ空けて弾けた。

「っつ！」

宙では反動を受け止めることも逸らすこともできない。受け止めた反動のまま吹っ飛んだシヤナは、ティリエルの攻撃が来る前にと、大太刀の峰で傍らの蔓を叩いて吹っ飛ぶ方向を変え、地面に着地した。と同時に体を路面に伏せる。

その頭上、背後から、鞭のようにしなる太い蔓が通過した。また声が降ってくる。

「『にえとののしゃな』！」

シャナは上を振り仰がず、屈んだ足に溜めた力で前に跳ぶ。影が去る間も僅か、ソラトの全体重を乗せた大剣が路面を砕いて突き立つ。

「まて、『にえとののしゃな』！」

まるで逃げる蝶を追いかけるような歓喜の声。

シャナは走る中で突然、前に踏み出すステップのベクトルを変えて、足裏を爆発させた。バック転のように後ろ向き縦に宙返りする、その中で体を半捻りさせて、後ろから追いすがってきたソラトの頭上に必殺の斬撃を加える。

「あは――」

しかしそこにはすでに、無邪気な笑いを隠すように大剣が掲げられていた。目で追っても理屈で考えても防ぎようのない一撃を、しかしソラトは簡単に受け止める。だけでなく、受け止める力をわざと弱めて、シャナを間合いの内に引き込んでいた。

「――は！」

少年剣士は明るい笑声の端で、〝存在の力〟を手にある物に注ぎ込む。彼の掲げる大剣に揺らめいていた血色の波紋が、その速さを増した。瞬間、

「ぐっ!?」

シャナは、刃の軌道からは絶対にありえない位置、右の首筋を一線、切り裂かれていた。痛みをゆっくり感じている暇もない。血の珠を引いて着地、大剣と再び刃を合わせる。

「すごいだろ、ボクの『ぶるーとざおがー』!!」

鍔迫り合いの中、ソラトは声だけは陽気に自慢の玩具の力をひけらかす。

「〝そんざいのちから〟をこめれば、けんにさわってるあいてが、きずをおうんだ」

青い瞳の奥で、山吹色の力が燃える。

「こんなふうに！」

「っ！」

シャナは押し合う力を抜いて離れようとするが、ソラトは巧みな踏み込みと力加減のまま押し続ける。その間に、大剣に血色の波紋が揺れる。

「あうっ！」

シャナの太股に血の筋が走った。首といい、傷そのものは深くないが、互いの実力が拮抗し

ている場合、僅かな違いが命運を分ける。ソラトの振るう大剣『吸血鬼』は、まさにその命運を一方的に使い手の側に傾ける宝具なのだった。

シャナの大太刀『贄殿遮那』は、自身に加えられる力や敵意の干渉を完全に無効化する……つまり絶対に破壊されず、いかなる攻撃も跳ね返すという、一個の武器としては極上の存在だが、この『吸血鬼』のように『敵と触れ合うだけで、その体に傷を与える』という、発動条件が自身を介さない変則的な宝具とは相性が悪かった。

（こいつとは、迂闊に切り結べない……！）

しかも今、シャナの命運を脅かすものはそれだけではない。

傷を負った痛みを押してソラトを鍔元で突き飛ばした、その周囲から先端を尖らせた蔓が幾筋も、矢のように飛んできた。

咄嗟にかわし、物陰を求めて跳ぶシャナの背に、異様に朗らかな声がかかる。

「あら、お待ちになって、うふ、ふふふ」

盾にした地下鉄の入り口が突き崩され、吹っ飛んだ屋根ごとグシャグシャになる。転がった先で止まっていたトラックが穴だらけになって爆発する。傍らのガードレールが薄紙のように貫かれ、足元の石畳がクッキーより容易く砕け散った。

そうやって、三秒身を隠すことも許されず、攻撃をかわし続けるシャナの前に、また無邪気な声が立ち塞がる。

「きみの『にえとののしゃな』、すごいけんなんだろう？　たのしみだな」

トラックの残骸（ざんがい）から立ち昇る炎と煙を背負って、ソラトがにこやかに、しかし油断のない足運びで詰め寄ってくる。

「なにができるんだい？　みせてよ……ねえ？」

じわりと周囲を押し包む危機感の中、シャナは黙って大太刀を構え直した。

2　〝燐子〟の花

御崎市の東側市街地、大鉄橋・御崎大橋の袂にそびえる旧依田デパート。

既にテナントも撤退して、人の立ち入りも禁止されたこの廃ビルは現在、『弔詞の詠み手』マージョリー・ドーとその子分たちの秘密基地となっていた。正確には、ここを根城にしていた〝紅世の徒〟の討滅後に彼女らが乗り込み、居座っただけなのだが。

そのデパート上層の一フロア、閉め切られた窓の内に溜まる闇の奥に、群青色の弱い光が、奇妙な光景を浮かび上がらせていた。

玩具を積み重ねた山の内に広がる、御崎市を象った箱庭。

かつてこのフロアを根城にしていた〝徒〟の遺した宝具、『玻璃壇』だった。

「マージョリーさん、大丈夫かな……」

その中から、マージョリーの一の子分・佐藤啓作の声が響いた。一応は『美』をつけてもよい少年の容貌には、僅かに怯えの翳りがある。

「それ、もう五度目だぞ」

同じくマージョリーの一の子分・田中栄太が答える（互いに譲らないので、それぞれが『一の子分』を自称している）。愛嬌のある大作りな顔が、緊張に引き締まっている。

「それより、このフラフープみたいな輪っか、なんなんだろな」

「田中、それも五……四度目だっけ？　ええと、とにかく俺に訊くなって」

言う二人の体の周り、華奢な佐藤には径小さく、大柄な田中には径大きく、それぞれ群青色の光の輪が浮かんで、周囲を照らしていた。よく見ると、光る文字だか記号だかが細かく縒り合わさって作られている。

いわゆる自在法というやつなのだろうが、二人はフレイムヘイズでも〝徒〟でもない、成り行きからマージョリーに出会い、自発的かつ一方的に協力しているただの人間なので、その意味や効果などは全く分からない。

「マージョリーさんが来てから訊けよ……はあ、大丈夫かな」

「六度目。姐さんのこったから、大丈夫だとは思う、けど」

ちなみにマージョリーのことを、佐藤は『マージョリーさん』、田中は『姐さん』、とそれぞれ呼んでいる。

「なによ、その頼りない言い方は」

フロアの入り口から、いまいち張りのない不機嫌な声が響いた。

「あ、マージョリーさん！」

「姐さん、怪我は？」

二人が振り向いた先、フロアの宙を、群青色の炎を吹く〝グリモア〟に腰掛けたマージョリーが、ゆっくりと飛んできていた。

「あるわけないでしょ。誰に言ってるつもり？」

「かーなり、やばかったがな、ヒッヒ」

「お黙り、バカマルコ」

言い合いながらマージョリーは、フロアの支柱の間を一杯に埋めるほどに巨大な箱庭の中央、彼女らが今いるデパートを象った模型の上に、ストンと降り立った。〝グリモア〟を脇に挟んで、雑多な部品で構成された、しかし異常なまでに精巧に作られた箱庭を、気のない視線で見渡す。

佐藤と田中は、それぞれ前の戦いでそうしたように、彼女を挟んだやや低いビルの模型の上に立っている。

「ところでマージョリーさん、この輪っか、さっきいきなり出てきたんですけど、いったいなんなんです？」

「もしかして、さっき頭を突っ付いたときに、なんかジザイホーとか、かけたんですか？」

億劫そうにマージョリーは答える。

「そーよ。あんたたちにお守りを付けといたの。〝徒〟による〝存在の力〟への干渉に、ある程度抵抗することができるよう、念のためね」

先刻、〝徒〟の襲撃を感知するや、マージョリーは彼らにこの秘密基地へと避難するように指示し、またその別れ際に額を指で突付いて自在法をかけたのだった。

「カンショー？」

「じゃ、なんかあったんですか？」

「あんたたちは外を見てないから分からないだろうけど、今、この街は丸ごと、特大の封絶に覆われてる」

「えっ、フ、フーゼツ!?」

「それじゃ、この輪っかが……」

二人はようやく深刻な事態が進行中であることを悟った。

「そ。あんたたちを他の人間みたいに静止させないための防御陣も兼てんの」

「そんな、街を丸ごと包むようなフーゼツをかけるなんて……今度の敵は、前の〝屍拾い〟って奴よりも……その、強いんですか」

佐藤が心配気に訊いたのは、マージョリーがその〝屍拾い〟に（実際はもう一人のフレイムヘイズに、だと思うのだが、恐くて訊けなかった）敗北を喫したことを察していたからだった。

そんな余計な心配や、一面では侮辱とさえ聞こえる問いに、しかしマージョリーは腹を立てなかった。立てられるだけの気力がなかった。簡単に肯定する。

「そーね、実害では比べ物にならないくらい厄介な奴らが、三人もいたわ」

「三人――！」

田中が絶句する。

「ま、その内の二人は灼眼のチビジャリのとこへ向かったし、残った一人の追跡も、気配を消して撒いた。気配察知の自在法でも使われない限り、当面の危険はないと思うけど……この気配消すのって、やたら力を食う上に神経も使うのよね……」

発した声にも、戦いの姿勢そのものにも覇気がない。

佐藤と田中は、先の戦いの前に回復したように見えた彼女の気迫が、どういうわけか逆に衰え果てていることに気付いた。

「とりあえず、ここで相手の出方を探って、打つ手を考えるわ」

マージョリーは、一旦戦いから退いた今、心に深く根を張る倦怠感の存在を自覚させられていた。自分が本気になれないと、戦場で確認してしまった。

まさしく、フレイムヘイズとしての自分の存在意義に関わる非常事態……にも関わらず、危機感さえ感じない。重傷だと分かっていて、しかしどうしようもなかった。

「姐さん――？」

「…………」

田中は言いかけ、佐藤は無言のまま、この無気力状態を見た。

居候していている佐藤家の屋敷でゴロゴロしているときならともかく、戦いの場でこんな姿を見せられることになるとは、二人とも思いもしなかった。これがあの、燃え盛るような闘争心と煮え滾るような憎悪を撒き散らしていた『弔詞の詠み手』と同一人物とは思えなかった。彼らが出会った当初のマージョリーなら、まず吼え猛って〝徒〟の討滅を叫んでいたはずだった。

自分たちが衝撃を受け、問答無用で憧れたマージョリー・ドーは、果たしてこんなに薄ぼんやりとした存在感の持ち主だったろうか……。

佐藤はその不満を彼女自身に払拭してもらうため、半ばけしかけるような口調で訊く。

「向こうの手の内が分かったら、ブチ殺しに行くんですね!?」

訊いた佐藤も聞いていた田中も、強く獰猛な、情けない自分たちの性根ごとぶっ叩いてくれるような『格好良い』返事を期待していた。

ところがマージョリーは、眼鏡越しの鈍い視線を彼に向け、気の抜けた声で、

「必要ならね」

とだけ。マルコシアスが、僅かにため息を吐いたような気がした。

佐藤と田中は、目線だけで互いを見る。大きな失望と怒りと悔しさに、小さな悲しさが混じったような、なんともいえない気分だった。

「さて」

やがてマージョリーが、辛うじて残っているもの……惰性にも似たフレイムヘイズとしての使命感から、ぽつりと言う。

その言葉とともに微量の〝存在の力〟の供給を受けて、彼女の足元、旧依田デパートの模型に秘められた宝具が、静かに脈動を開始した。

「まずは『玻璃壇』、起動」

ジワジワと、彼らの眼下に広がる御崎市の精巧なミニチュア上に、映像が点ってゆく。

それは、人の数だけある、単純な形をした半透明の影。箱庭として作られた地域の内にある全ての人間を映し出す、これが広域監視用の宝具『玻璃壇』の機能だった。

本来なら、この宝具は人の動きまで再現できるのだが、御崎市は今、封絶に似た自在法の影響下に置かれているため、どの人影も静止したままである。

「で、トーチのみの表示、と」

声に従い、人影の大半が消えてゆく。後には、疎らに散る灯火だけが残された。

頼りなく、また不吉な揺らめきを持って箱庭に散らばるこれらの灯火は、全てトーチ……〝紅世の徒〟に喰われた人間、その残り滓から作られた代替物の位置を示していた。

かつて〝狩人〟という名の〝紅世の王〟に滅多やたらと喰い荒らされた御崎市は、被害を受けた他の土地よりも、はるかにトーチが多いという。

佐藤と田中は、初めてその事実を知らされたときと変わらない戦慄を抱きつつ、この不気味な光景を見下ろす。

（まだ、これだけのトーチが残って——）

（それとも、今度来た奴らが、またどんどん喰ったのか――）

そう、中途まで考えた二人は、続いて表れたものに驚き、目を見張った。

黙って立つマージョリーも眉根を寄せる。

映し出され、浮かび上がったのは、トーチだけではなかった。

箱庭の地面や壁、意識を集中して見通せる建物の内部など、『玻璃壇』のミニチュアのそこここに、文字列とも記号とも付かない紋様が、カビでも生やしたかのように不気味な斑の彩りを加えていた。主に市街地を多く侵蝕しているその斑の間には、根だか蔓だかの模様が通い合い、結び合っている。まるで御崎市を、蔓草が濃く覆っているかのようだった。

今、間違いなく御崎市が危機に直面している。

それを、この光景は如実に、十二分に物語っていた。

なのに、マージョリーは、軽く鼻を鳴らしただけ。

「ふん……これが、この変則的で巨大な封絶を維持する自在式ってわけか。思ったより面倒臭そうな感じね」

それに、自在法を縦横に使う〝紅世の王〟の一人として、マルコシアスが答える。

「なんてーか、この自在式、配列が無茶苦茶だな。なんなんだ、この装飾紋の多さはよ？　塗り絵じゃあんめえに」

彼の言うように、『玻璃壇』による縮小という要素を除いても、紋様はほとんど塗りつぶされる寸前の密度で描かれている。

その大雑把な概観から、マージョリーは自在師としての目を利かせた。

「たぶん、式の本体を隠す偽装がほどんどね。その本体がどんな効果を持ってて、連中が何をやろうとしてるのか……この式の広がってる場所を、実際に目で見て確かめないと分からないわね」

「ああ。にしても、こーんな妙ちきりんな自在式があちこちにあったたってえのに、全然気付かなかったとはな。我がしおれた花、マージョリー・ドーのローテンションに、俺まで巻き込まれちまったか」

「勝手に人のせいにするんじゃないわよ、バカマルコ。あの変態兄妹が、偽装や隠蔽の上手いコソ泥ってだけでしょうが」

人をぶっ叩くようだった罵詈雑言にも、やはり今一つ力がない。

佐藤はそんな彼女に苛立ち、まるで自分が求めるように戦いへと話を進める。

「それで、マージョリーさん、その〝徒〟たちが今どこにいるか、前の……ええと、気配とか捉えるジザイホーで探ったりはしないんですか？」

マージョリーは彼の、妙に性急な様子を訝しげに見た。そして、その内にある感情の正体を察して、陰性の怒りを覚えた。声にその怒りを潜めて答える。

「馬鹿。こっちが気配察知なんか使ったら、逆に相手に居所を報せることになるでしょうが。

今はこっちが狩られてる立場なのよ？　せいぜい隠れて、この封絶もどきをぶち破る算段をしないと」

（狩られてる……？　隠れて……？）

佐藤はそれら、なんということもない言葉に、大きなショックを受けた。彼の知るマージョリーが吐く言葉とは思えなかった。

「……なんか、弱気ですね、姐さん」

田中は、佐藤より率直で、単純だった。佐藤が隠そうとした失望、泣きたくなるような気持ちが全部、声に出てしまっていた。

「弱気……？　誰に、言ってんのよ」

マージョリーは声を揺らした。二人の失望する様に意外な衝撃を受け、同時にその裏側にある、彼らの期待を鬱陶しく思った。頼みもしないのに期待して、事情も知らないくせに失望する、そのガキの身勝手さが気に食わなかった。

沈黙が下りる寸前、甲高い声が割って入った。

「ホレホレ、どーでもいーことくっちゃべってねえで、話ぃ進めようぜ」

「私は悪くないわよ」

不満気にへの字口を作るマージョリーを、マルコシアスは軽くあやす。

「あいあいよ、分かった分かった」

とーにかくだ、と場を仕切りなおす。

「当面、生き延びるためにゃ、このでけえ封絶もどきの仕掛けを、見破るなり無効化するなりしなきゃなんねえ。〝徒（ともがら）〟をブチ殺すかどうかは、まあ、そのときの状況次第だわな。なんと言っても、こっちは我がか弱き佳人（かじん）、マージョリー・ドーが本調子じゃねブッ!?」

マージョリーが仕返しとばかり、掌（てのひら）を〝グリモア〟に打ち付けた。

「お黙り、バカマルコ。とにかく、私は外に出て調査するから、あんたたちはここで状況を監視してて」

「……この『玻璃壇（はりだん）』、〝徒〟は映らないんですか?」

田中が、マージョリーと自分たち、双方への不安から訊（き）いた。

マージョリーはそうと分かって、しかし涼しい顔で答える。

「無理ね。こいつは人間を監視するために作られた宝具（ほうぐ）だもの。人間やトーチ、〝存在の力〟やそれを流す自在式だけしか表示できない。ま、大まかな位置くらいは気配でわかるけど……その内の一人は、特に気配がでかいし」

余裕（よゆう）の笑みで相対する〝千変（せんぺん）〟シュドナイの顔を思い浮かべて、マージョリーは不愉快になる。それが闘争心の燃料になるかと一瞬、期待したが、しかしやはり、燃えない。

田中がまた訊く。

「どこら辺（あた）りにいるんです?」

「私とやり合った〝千変〟シュドナイは……市の中心部、ここからすぐ近くね」

「すぐ、近く……」

再び背筋を冷たくする田中を置いて、マージョリーは遠くで激突する気配を感じる。

「あとの、この封絶もどきを張った二人は……今、あの灼眼のチビジャリとやり合ってる真っ最中だわ。そいつらも、かなりデカい違和感バラまいてる。無茶苦茶してるみたい」

「二対一……その灼眼の人、助けに行かなくていいんですか？」

お人好しな田中の問いに、マージョリーは鼻で笑って返した。

「は、ジョーダンでしょ。そんな義理はないし、必要性も今んとこない」

これは彼女が気力を減退させているからなのか、それとも単に協調性がないからなのか、田中には判断がつかなかった。

「むしろ、あっちで厄介なのを引き付けといてくれれば、こっちは動きやすくなる」

と、不意に、

「マージョリーさん？」

しばらく黙っていた佐藤が、口を開いた。

「なに」

さっきからのこともあって、マージョリーは僅かに警戒したが、佐藤は彼女の方を見ていなかった。『玻璃壇』の、とある一点……住宅地の川縁辺りを、じっと見つめている。

やがて彼は、その目に現象を確認しながら、報告する。

「トーチが一つ、動いてます」

一瞬、その意味を考えてから、マルコシアスとマージョリーが同時に驚きの声を上げた。

「あん？」

「なんですって？」

シャナは、十階はあるビルの壁面を、数歩で、一気に、駆け上がる。

その後を追って、次々と山吹色に輝く蔓が壁を窓を砕き、突き立ってゆく。ビルそのものを突き崩すように無数の蔓を食い込ませると、一斉にそれが引かれた。

「ひらーり……」

優雅なダンスでもしているかのような声とともに、大通りを占拠していた蔓の塊が浮き上がった。その、直径にして二十メートルはあろうかという、純粋な〝存在の力〟のみの巨重が、屋上に降り立ったシャナの頭上から津波のように降ってくる。

「っく！」

シャナは足の裏を爆発させて、隣のビルに飛び移る。その背後で、蜂の巣になり、また巨重をかけられたビルが一挙に崩壊する。濛々と上がる土煙の中に、山吹色に輝く物体が、それに代わるように蠢いている。

（なんて無茶苦茶な奴！）

シャナは驚きつつも冷静に、ビルの屋上を幾つも渡り跳んで離れる。

破壊を撒き散らす〝紅世の徒〟は珍しくないが、それにしても、ここまで野放図な力を振える者はそういない。どころか、この〝愛染他〟ティリエルは、単純な破壊力なら、彼女がフレイムヘイズになって以降出会った〝徒〟中、間違いなく最大の存在だった。

シャナが知るこれ以上の力は、それこそ顕現した〝天壌の劫火〟アラストールくらいのものだが、その彼とて、顕現してからの活動時間は短かった。一月前に遭遇した〝蹂躙の爪牙〟本性の顕現も、一時的な力の暴走でしかなかった。

ところがティリエルは、力の弱まる気配も、それを気にして勝負を急ぐ様子も一向に見せない。通常の、単に強暴で未熟な〝徒〟なら、調子に乗って消耗したところを叩くのが定石だが、この少女はどうやらその類とは対極の存在であるらしい。

（鍵は、この封絶みたいな自在法……！）

と思っても、彼女はそっちの方面には疎い。周囲に張られた〝存在の力〟の脈動を感じることはできるが、それに干渉して自在法の構成を破ったりするなどの器用な真似はできなかった。

その足下、

「ッ!?」

屋上の床面が砕け、蔓の束がドリルのように突き上がってきた。咄嗟に避け、飛び降りようとしたビルの谷間から、

「ばあ！」

蔓に乗ったソラトが飛び出した。

シャナはその斬撃をかわすため、再び屋上に戻る。それを追って、

「ほら、ほら、ほらほら！」

無邪気な声とは裏腹な、大剣『吸血鬼』の流れるような連撃が、次々と繰り出される。

これを残らず『贄殿遮那』で叩き落すシャナだが、再び鍔迫り合いに持ち込まれるのを警戒して、どうしても足捌きは引き気味になっていた。

と、その後方、あと二、三区画ほど先に、山吹色の霧に薄く抱かれた御崎高校がある。

それをただの事実として認識した瞬間、

(――「学校……皆を、守ってくれるかい？」――)

誇りと共にある使命感、己の存在意義の全てが、どういうわけか、そのたった一言と綱引きをした。全く容易く、なんの苦もなく前者二つが勝ったが、それでも同じ心の地平上にその一言は立って、勝負していた。

(いけない)

その戸惑いを感じる間に、ソラトに半歩、距離を詰められた。

無邪気で無慈悲な斬撃が、真下から振り上げられる。

「つはは!」

「ッ!」

辛うじて、かわした。上着の下部を半分、縦に割っただけで済んだ。もう三センチ前に体があれば、腸をぶちまけていたところだった。

が、夏服の上着を、せっかく千草がくれた新しい服を、斬られた。

(——よくも!!)

それだけのことに、異常なまでの憤りが湧いた。

灼眼が煌きを増す。

(集中だ)

シャナは自身の中で、必殺の力を練り始める。

(——全力で不意を打て——心を澄まして『殺し』の道を辿れ——)

戦いの流れを無視して、ソラトと距離を取る。屋上からビルの看板を蹴って降り、大通りを飛ぶように駆ける。背後に気配を感じる。

軽く鋭い疾走で追ってくるソラトの足音と、その後ろ、今は援護に徹しているティリエルの、大通りを埋めて雪崩れる巨重の気配。

すぐに、遊びから抜けることを許さないように、シャナの左右を蔓が伴走し始める。攻撃してこないのは、追いかけっこを楽しむソラトへの遠慮からだろう。

それを警戒しながら、シャナは念じる。

（決めろ）

力を注ぎ込む感覚、構成することで届く距離、威力と『殺し』の勘、全てが一致する。

「!!」

大太刀を握った右腕を置いて左回り、体だけで振り返る。

「？」

間抜けな顔で驚くソラトは、しかし確実に大太刀の斬撃を回避できる間合いを取る。

（一撃で、決めろ！）

足を重く地に打ち、背中に隠した形になった右腕に、練りに練った〝存在の力〟を込める。毎夜の鍛錬で得た感覚と感触が、実戦の中で繋がる。握った『贄殿遮那』にアラストールのイメージを重ねて、強く強く、力を解き放つ。

「つだあ!!」

大太刀の剣尖から、恐るべき密度と確たる存在を持った紅蓮の炎が迸った。振り返って溜めた体勢から、全てを込めて横殴りに右腕を振り、真正面の標的を、斬る。

「あ——」

ソラトの驚きの声が、中途で途切れた。

既に、『贄殿遮那』から伸びた紅蓮の大太刀が横一文字に通り抜けていた。

その後には、彼の胸から上、脛から下だけが、残されていた。

他は全て、蒸発していた。

とっさに振り上げられた『吸血鬼』が、その動きの途中で自身を支えていた腕を失い、握っていた手首を火の粉と散らしながら吹っ飛んだ。ビルの壁に突き立って震える、その鈍い音と重なって、

「キヤアアア————!!」

い、い、い、

崩れ落ちるソラトを見たティリエルの絶叫が、山吹の霧を劈いて走った。

(次で)

シャナはまだ紅蓮の大太刀を消していない。一振りで左から右、自分を取り巻いていた蔓は全て蒸発させた。溺愛していた兄を失い動転する少女との間に、障害物はない。全て狙い通り。

(終わりだ!)

足の裏に爆発を生む。ソラトの残骸を飛び越え、紅蓮の大太刀をかざした炎の矢となってテ

イリエルへと跳躍する。

が、

「すごい！」

その出端、不意な叫びとともに両手首を掴まれた。

「っ!?」

驚愕するシャナの真下、鼻も触れ合う距離に、金髪の美少年の無邪気な笑みがあった。

「『にえとののしゃな』！」

手首を掴んだのは、炭化した胸の断面から伸びた山吹色の蔓。それが取り残された足首と繋がり、絡み合って、間に合わせの体を形作っていた。

「離れろ!!」

「っく!?」

アラストールの叫びを受けて、体が反射的に動く。身を縮めてソラトの顔面を踏みつけ、足裏を再び爆発させる。手首を掴んでいた蔓を力ずくで引き千切り、跳び下がる。同時に、動揺から集中力が途切れ、紅蓮の大太刀が散った。

「すごいなあ、すごいよ……」

その火の粉越しに、ソラトの陶然とした声が響く。顔面に受けた爆発によって、兜が外れていた。広がり、中途から炭化した金髪、顕わになり、火傷を負った顔……そして蒸発した全身が、急速に元の姿を取り戻しつつあった。

「それが『にえとののしゃな』のちから？　ほのおのけんだ！」

「再生……？」

「馬鹿な、早すぎる」

シャナとアラストールが驚いたのも無理はなかった。〝紅世の徒〟は通常の生物のような形でのダメージこそ負わないが、体の大部分の損失ともなれば、まず致命傷といってよい。

それが、間髪入れずに再生した。周囲の人間から〝存在の力〟を奪い、自身として再構成する、という手間のかかる治療を行ったような気配はなかった。

（いや、今、人を喰ったんじゃない……どこから流れ込んで、修復した）

シャナは、自分がティリエルに飛びかかろうとした瞬間に、とある場所から地面伝いに凄まじい量の〝存在の力〟がソラトへと流れ込む、その脈動を感じた。

「そうか――！」

「うむ」

二人は一言ずつで、お互いに了解する。

この、無駄に大きいと思っていた異界は、彼ら兄妹に〝存在の力〟を供給するための巨大な精製工場なのだった。どうりで、ティリエルがあれだけの力を振るい続けていられたわけである。出現の直前まで気配を隠していたこととといい、確かに大口を叩くだけのことはある、巧妙な自在師だった。

「でも、これだけ大きな空間の維持から、あの蔓の構成と攻撃、片割れの再生まで、全てを同時に、しかも大した苦もなく行うなんて……できるものなのかしら」

「それら複雑な自在法の制御に心を砕いているとは、到底思えぬな。もたらされたものを好き放題に使っている、という程度か」

「うん、やっぱり、なにかタネがあるんだ。さっき感じたアレかな……ん？　そういえば」

これだけの再生能力を誇っているというのに、さっきなぜティリエルは叫んだのか。

そこに謎を解く鍵があるのでは、とシャナは思ったが、しかしその疑問には、彼女が明快に答えてくれた。暗い憎悪と怨念を音にしたかのような声で。

「許せない……私のお兄様に傷を負わせたわね……それに、それに、こともあろうに、私のお兄様の顔を踏みつけるなんて……！」

なんだ、とシャナは落胆しかけたが、しかしその憤激の様は並ではない。気を引き締めて対峙する。

と、その間で、

「ティリエル、すごいよ！」

すっかり再生したソラトが、快活そのものの声で叫んだ。

「ほのおのけん！　ボクこんなのほしかったんだ！」

次なる戦機を待って身構えるシャナを無視して、蔓の塊の上を振り仰ぐ。自分を僅かに覆う鎧の残骸を揺すって騒ぐその様は、まるで母親に甘える泥遊び後の子供だった。

「ねえ、ティリエル、これぬがして！　きられたところ、まがってていたいよ！」

その言葉だけで、もうティリエルはさっきの怒りもどこへやら、表情を緩める。

「ええ、今すぐ」

言う間に彼女は、新たに伸ばした蔓でソラトの体を包みこみ、自分の元へと持ち上げた。

そうやって上にあがったソラトは、いきなり彼女に抱きついた。

「あたらしいのちょうだい！　ねえ、ティリエル!!」

「はいはい、でもまずは、これを脱いでしまいましょうね、お兄様……」

ティリエルは蕩けるような声で言った。蔓を使わず、自分の手で甲斐甲斐しく、胸から上、脛から下しかない鎧を脱がせてゆく。その一方で抜かりなく、蔓を再びシャナの周囲へと伸ばしてもいた。

シャナもこれを警戒し、また強い再生能力を持つ相手への無闇な攻撃を手控えて、静かに慎重に、その挙措を窺う。

奇妙な戦闘の空白の中、ティリエルの放り捨てる鎧の残骸の次々に落ちる音だけが、次なる戦いへのカウントダウンのように、静かな街路に高く響く。

やがて全裸になったソラトが、優しく蔓で包まれた。

「新しいお洋服に、新しい鎧……はい、できましたわよ」

再び蔓が解かれ、現れたソラトは、新たな鎧をその身にまとっていた。今度は、兜のない軽装である。

ティリエルは最後に、ビルの壁に突き立った『吸血鬼』を蔓で絡め取ると、わざわざ自分の手に持ち替えてから、兄に捧げ渡した。

「剣は、もう少しの間、これで我慢してくださいね」

言いつつ、目線だけをシャナの方に流す。

「あれを、すぐに、いただきますから」

「うん！」

ソラトは頷き、剣を無造作に取り上げた。

（言ってろ）

シャナは心中で吐き捨てる。さっきから、この兄妹のやり取りが癇に障ってしょうがなかった。その不愉快さを闘争心に変えて、次の狙いを定める。

目の前の〝愛染の兄妹〟にではない。

ソラトに再生のための力を流し込んだ〝存在の力〟の根源に、である。おおよその場所の見当はついていている。

距離はそこそこに遠い（ついでではあるが……学校とも離れることになる）。

恐らくはそれこそが、

（この空間を制御するための中枢……？）

だとしたら、ティリエルがそこへの接近をすんなりと許すはずもない。現に、その方角には丁度立ち塞がるように彼女が巨大な蔓の塊と共に陣取っている。偶然ではないだろう。ソラトとともに、あらゆる意味で舐めてよい相手でないことは、もう証明済みだった。

焦らず確実に、一手一手打っていかねばならない。その思考の中、

（そういえば）

一人の少年の姿を思い浮かべる。

この異界の調査、あるいは対処のために出て行った少年。

彼も、そこに向かうのだろうか。

だとしたら、巻き込んでしまうかもしれない。

（……けど）

危難に際して鋭い彼の機転が助けになる、それよりも、
口にした覚悟が嘘でないと証明してくれる、それよりも、
ただ、そこにいてくれれば、それだけで、

（嬉しい）

坂井悠二は、シャナが狙い定めたのと、全く違う場所へと向かっていた。

討滅の追手フレイムヘイズ、異世界の人喰い〝紅世の徒〟、そしてその下僕である怪物〝燐子〟だけが動くことのできる因果孤立空間・封絶の中、山吹色の霧を潜り、ときに行き合う静止した人々をかわして、ただ進む。

霧はその行く手、堤防沿いの道路の彼方を厚いベールで隠して、まるで無限の広がりでも奥に秘めているかのような錯覚と不安を抱かせる。〝存在の力〟の流れを細やかに感じられる自分の感覚だけが頼りだった。

「――っは⁉」

それとは関係のない、生の人間としての感覚が、全てが静止する封絶の中、物音を捉えた……と思った。転がるように、傍らにあった道路工事の立看板の陰に身を隠す。

「――――」

胸を打つ動悸の音が外に漏れないか、そのあまりの大きさに本気で心配する。禁忌のように息を止め、全神経を張り詰めさせて、今隠れている場所から見える範囲だけを探る。看板から顔を覗かせるまでの度胸はない。

異様なまでに冴え冴えとした視界に広がるのは、右手に芝を隆起させる堤防、左手に軒を並べる古アパート、頭上に大きくなりすぎた街路樹、足下に粗末な舗装の道路……ただの街の一角、当たり前の光景。

しかし、それらを薄く包み、重くたゆたう山吹色の霧がある。

その中に、ぽつんと一人、買い物帰りらしい、スーパーの袋を提げた女性が静止している。

それだけで、全てが異界の眺めへと変じる。

特に悠二にとって『封絶の中で静止した人間』は、自分のそれまでを全て打ち砕いた赤い夕日を、〝紅世の徒〟の下僕である怪物に襲われた情景を思い起こさせる。

あのときの、喰われる、という事態への焦燥感にも似た原始的な恐怖。

(――「いただきま――す!!」――)

霧の中から、その怪物〝燐子〟が近付いてくる……

そこから、
あのときの、自分という存在を、抗えない力で左右されることへの根本的な恐怖。

(――「なにが入っているのかな、その中……」――)

いきなり頭上に〝徒〟が現れて、自分の存在を消し去る……

思い出したくもない、それらおぞましい記憶が次々と脳裏に蘇り、また今の危機感へと変化する。じっとしていても、背筋の神経を一つ一つ氷でなぞられるかのような寒気が走る。

その寒気の中に囁きが、幾つも重なり、何度も繰り返し、また混じり合って、響く。

止まれ。もういい。ここに隠れてろ。おまえはもう十分以上にやった。あとはシャナに任せろ。彼女が全部やってくれる。そこまでする甲斐はない。誰も守ってはくれないぞ。自分を守る力さえないじゃないか。命を、存在を、みすみすドブに捨てるつもりか。止めるんだ。

悠二は、安堵と甘さをちらつかせる、これら怯懦の誘惑を、

「……やなこった、クソッタレ」

と、ことさらに口汚く罵って追い払った。

その字面だけなら、ハリウッドの映画に出てくるタフガイとも真っ向勝負できる格好よさだったが、残念ながら今の彼は、銃口を並べる敵のボスに（活劇の前フリである）死刑宣告を受けているわけでも、悪の帝王に「ともに世界を制しよう」という（一旦承知してから不意打ちすれば良さそうな）誘いを受けているわけでもない。錆びた立看板の陰で、汗をダラダラと流し、震えて独り言を呟いている一少年である。

「――分かってる、けど」

どれだけ格好悪くても動ければいい。シャナを助け、封絶に囚われた御崎市を守るために、自分にできると判断したことを、とにかく果たし、行う。

（結局のところ、僕が強くなる、シャナのためにできることってのは、こういうことだけなんだしさ……だったら、そうと決めたんなら、やるしかないじゃないか）

そうとも。

やると決めたのだ。

あとは、実行するだけだ。

（シャナのために、強くなる……こういうところで、せめて）

行動への平静な力を、心の奥底から搾り出す。行動できるのなら、多少格好悪いことくらい、どうということは…………まあ、少しは格好をつけてみたい気もするが、それは後日の課題ということで。

（よし）

能天気な思いを巡らせることで、少しは落ち着いた。やはりと言うべきか、周囲には〝紅世の徒〟や〝燐子〟が振り撒く世界の違和感……気配はない。何十度目かの、臆病な自分の被害妄想だったわけだ。

（行くか）

立看板の陰から、おっかなびっくり踏み出す。

静止した女性の脇を抜け、シャナと〝紅世の徒〟が戦っている気配を背中に感じて、霧の中を、自分の感覚だけを頼りに進む。

シャナの戦っている相手は、違和感を波のように、無茶苦茶に大きく小さく撒き散らしていた。分かりにくいが、ときどき微妙に、その振幅が分裂する。歌の音階が上下に分かれるような、微妙な感じだった。

（そういえば、シャナは『最低二人』って言ってたな……もしかしたら、二人を相手にしてるのかも）

二対一、その事実に危機感が高まる。

（もう一人……どデカい奴は、ずっと動かないし……なにやってるんだろう？）

アラストールによれば、違和感の振幅の激しい奴は、様々な自在法を使う変則的なタイプ、最初から大きな奴は、地力の大きな実力派だという。

その実力派がついさっき、この街にいたもう一人のフレイムヘイズを倒した。

戦っていたフレイムヘイズの気配が、突然消えてしまった。

吼え猛る戦闘狂。〝蹂躙の爪牙〟マルコシアスの契約者。かなりの美貌、スタイルも抜群という、いわゆる美女。『弔詞の詠み手』マージョリー・ドー。

（死んだ、のかな）

一度しか会ったことはなかったし、直接話をしたわけでもない……ほんの薄い縁しかない間柄だったが、それでも関わってしまうと、その成り行きを気にせずにはいられないのが人情というものだった。死んでしまったというのなら、なおさら。

正直、戦力として当てにしていたというのに、全くの誤算だった。自分たちと戦ったときの手強さが嘘のように、あっさりと勝負はついてしまった。勝った〝徒〟の方は今、悠々と市の中心部に陣取っている。

つまりシャナは、当面でも二対一、全体では三対一という状況の元、戦っていることになる。

相手の気配の大きさ（ご丁寧に、振幅の大きな奴、最初から大きな奴、両方の種類が揃っている）を考慮に入れなくても、シャナの不利は明らかだった。自分にできるやり方で彼女を助けねばならない、そんな切迫した危機感も持たされようというものだった。

（それにしても、遠いな……）

学校から、そんなに離れているようには感じなかったのに、まだ着かない。これは自分が隠れ隠れ歩いているためか、緊張して時間を長く感じているのか……恐らくその両方だろう。

シャナに背を向けて進んでいるのも、もちろん逃げているわけではない。彼女の戦いから得られたヒントで、この封絶もどきに自分なりの対処をしようと考え、とある地点に向かっているのだ。

さっきシャナが、ドでかい力を使って〝徒〟を叩いたとき、ダメージを回復させるためだろう、いきなり〝徒〟へと物凄い量の力が流れ込んだ。その力はかなり遠く、住宅地の外れあたりから放出されていた。

そこには〝燐子〟に似た、微妙に大きな気配がある。しかし、

（あれは全体の中の、ほんの一部だ……もっと、ずっと、広がってる）

この巨大な封絶もどきの全域に、根のようなものが広く張られているのを感じる。

力を放出したものを蛇口とすれば、広がる根はそこに〝存在の力〟を送る水道管といえる。そして、街の各所にはその水源……つまり〝存在の力〟を周囲から吸い取り奪うなにかが散らばっている。封絶全体で見ると、この分布は、住宅地側には片手の指で数えるほどしかなく、

市街地側にかなり多い（実は昼間ということで、住人が都市部に集まっていたため）。

今目指しているのは、住宅地側にある数少ないものの一つだった。

（もし、それが〝燐子〟だったら、どうしよう）

かつて、〝紅世の徒〟の下僕であるその怪物に喰われかけたことを、また思い出す。あるいは〝徒〟に対するよりも、抱く恐怖心は大きいかもしれなかった。

（……でも、行く）

不幸中の幸いと言うべきか、これまでのところ、その水源のような存在が動いた気配はない。その事実が、度胸ギリギリのラインで、なんとか体を動かしていた。とにかく、それに近付いて性質や仕組みなどを探り、できればなんらかの手段でそれを無力化したかった。なんらかの手段そのものについては、とりあえず見てから考えることにする。

やがてというか、ようやくというか、

（この先、か）

悠二は、目的地へと到着した。

目の前にある、枯れかけた生垣を曲がった先。

どんな光景が、どんな怪物が、そこに待ち構えているのか。

大した量もない勇気をかき集めて、生垣の陰からそっと顔を出す。

（なにも、出ませんように……）

そう願う悠二の背後から、手が伸びる。

抱き合った〝愛染の兄妹〟が、蔓の先頭に乗って高速で迫る。

ソラトの腰に手をやって、まるで社交ダンスのように支えるティリエルが朗らかに笑う。

「さあ、もっと踊ってくださいな！」

ティリエルに支えられて、シャナへと風斬る刃を向けるソラトも無邪気に笑う。

「き――ん……」

二人が丸ごと、鎖分銅のように振り回される攻撃の先端に、大剣『吸血鬼』がある。血色の波紋が速度に細かく震え、刀身が己を埋める獲物を求めて走る。

「……があん!!」

ソラトの緊張感のない声とともに、斬撃がシャナにぶつかる。

シャナはこれに刃を一瞬だけ合わせ、逸らそうとする。数秒とて触れ合わせていれば、『吸血鬼』の力で傷を――と思う間も僅か、

「つく！」

斬撃の勢いに押されて弾き飛ばされていた。すぐさま路面を蹴って方向を変える。

その後を追って、上から無数の蔓が槍のように矢のように降り注ぐ。大通りを山吹色の林に

変えながら、次々と突き刺さってゆく。

シャナは回避しつつ、情勢を冷静に観察する。

(やっぱり……!)

ティリエルの操る蔓の塊はやはり、さっき〝存在の力〟をソラトに流し込んだ供給源のある方角を塞ぐように、巨体を押し進めていた。そこに向かわせたくないのだ。

蔓の塊の上で、相変わらず兄と体を絡め合いながら、ティリエルが声を放ってくる。

「ああ、退屈ですわ、あなた。さっきのフレイムヘイズもそうでしたけど、全然お喋りしてくれないんですもの。トモガラガニクイー、とか、ワタシノフクシュウノリユウハー、とか、なにか場を盛り上げるようなことを仰る気はありませんの?」

「……」

「もしかして、その余裕もないと?」

「……」

挑発とも本気とも取れるティリエルの声には答えず、シャナはひたすら背後から襲い来る蔓の攻撃を避け続ける。その疾走の中、砕けたアスファルト片を一つ拾い上げ、気合一閃、

「——っは!」

小さな掌に余る大きさのそれを、自分を追って来る蔓の雪崩の向こうに立つ〝愛染の兄妹〟へと放った。

　アスファルト片は、最小限のモーションで砲弾にも勝る威力と速度を得、兄妹へと飛ぶ。

「また？」

　が、ティリエルはそれだけ言って、自分たちを乗せた蔓の束を軽く傾ける。アスファルトの欠片は、掠りもせずにその傍らを通り過ぎた。

「何度やっても無駄だと言っているのに」

　呆れて肩をすくめる彼女の袖を、傍らのソラトが摑んで揺する。

「ティリエル、つぎ、つぎ、きろうよ！」

「はいはい、分かってますわ、お兄様。ちょっと興醒めですものね、さっきから逃げては投げ、投げては逃げ、お喋りにも答えてくれませんし……そろそろ本気で片してしまいましょうか」

　シャナを追う蔓の塊が、その速度を増した。山吹色の雪崩にも見えるそれは、目の前でチョロチョロと逃げ回る獲物を一息に飲み込もうと迫る。

「教えたげるわ」

「？」

　ティリエルは、走る背中越しにシャナの声を……騒音の中でも確と響く強い声を、聞いた。

「おまえたちと話をしないのは、おまえたちが」

　言葉を切るのに合わせて、シャナは急に振り返った。

（ジャンプしても無駄よ、すぐに打ち落とせるわ）

と先までの戦いでシャナの動きに見切りをつけていたティリエルは、完全に不意を突かれた。

一瞬、

たった一瞬で、シャナは眼前に雪崩（なだ）れてくる蔓（つる）の群れを掻（か）い潜（くぐ）り、驚く兄妹の傍（かたわ）らを、飛び過ぎていた。

「——な!?」

「わ!?」

その背に、紅蓮（ぐれん）の双翼を煌（きら）めかせて。

「ベタベタして不愉快だからよ」

素っ気ない声を通り抜け様に残して、シャナは蔓の塊（かたまり）の後方へと抜ける。幾度となく物を投げつけたのは、この不意な飛翔（ひしょう）による突破のために、蔓の反応速度や、飛来物への対処の動作などを感覚として摑（つか）むためだった。

そして兄妹を背にした今、彼女と〝存在の力〟の供給源との間を阻（はば）むものは、なにもない。

「つく——!」

「まてえ!」

追いかけっこが再び始まる。

狙（ねら）うべき標的へと向けて、シャナは紅蓮（ぐれん）の双翼から光跡（こうせき）を一線引いて、飛ぶ。

その後を山吹色の蔓が一斉に、決壊した堤防から溢れる濁流のように雪崩れてゆく。大通りの街灯を薙ぎ倒し、車を轢き潰し、人を押し流し、後を追う。

もう互いに遊びはない。

(どこ?)

シャナは得た感覚に従い、大通りから外れる。やや低い家屋の密集地の上を、一気にショートカットして抜ける。追ってくる兄妹によって、その後は一直線の破壊に巻き込まれてしまうが、今は他にやりようがない。行く手にあるはずの自分の標的を探す。

(——あった!)

方角はドンピシャ。

コの字型マンションの中庭から巨大な、空へ手を差し伸べるように花弁を開く、華麗な山吹色の花が咲いていた。異界全体から〝存在の力〟を集め、その維持や制御を行っている、自在式か〝燐子〟かの仕掛けに違いなかった。

シャナは飛翔の快感と戦機を前にした高揚で、まさに火の玉のようになっていた。

「ふ——っ」

シャナは手の内にある『贄殿遮那』に、再び力を集中させる。

蔓とともに雪崩れてくる〝愛染の兄妹〟の姿は、シャナのはるか後方にある。地面を伝い、物を破壊しながらの進撃なのだから、当然ではあった。圧倒的な存在と力が、今は逆に彼らを縛る足枷となっていた。

シャナは最後に、標的である巨大花自身からの攻撃を警戒して、曲線軌道で上昇する。

（……顕現は一瞬でいい……ただ一息、アラストールがいつか、デパートの屋上を一撃で吹き飛ばしたときのような、一瞬必殺の大威力!!）

その上昇の頂点で体勢を反転、真下へと大太刀を向ける。切っ先で指す、マンションを鉢に咲き誇る巨大花に、吼える。

「――っ燃えろぉ!!」

空気を押し拉げさせるような燃焼の轟音とともに、炎が膨れあがった。

それは念じたアラストールのものよりも数段小さく、顕現もほんの一瞬でしかなかったが、しかし、それで十分だった。

彼女を始点とした火柱が、紅蓮の奔流となって直下の地面を直撃、そのついでのように、山吹色の巨大花を消滅させていた。

その紅蓮の輝きは、迸り出たその一瞬で、また唐突に消える。

後に残されたのは、黒焦げになったマンション内側の壁と中庭のみ。その威力は、力を呼び起こしたシャナ自身をさえ驚かせるほどのものだった。一月に渡る鍛錬と、戦闘によって高まった集中力の成せる業だった。

「っはあ、はあ……これで！」

シャナは僅かに息を切らしながらも、この成果に満足する。これで戦局にも、なんらかの変化が起こるはずだった。動揺しているだろう〝愛染の兄妹〟に向き直る。と、

「まだだ!!」

アラストールの鋭い声、

「っ!?」

大きな力を放出した後の弛緩が、僅かに反応を遅らせた。

そしてそれは、致命的な遅れとなった。

どこかで嘲笑が、ほろりと。

「うふ、かかった」

巨大花の破壊でできた空白に向かって、御崎市全域から凄まじい力が流れ込んできた。幾何学的にも自然物にも見える曲線に乗って走る力は、その勢いをまま、速さと威力に変えた自在法として発動する。

否、シャナの直下、四重五重の円形に並ぶ奇怪な山吹色の文字列が、互い違いに回り輝き、既に発動していた。

「しまっ――!!」

悠二は突然、首を真後ろから鷲掴みにされた。

「――ッ!!」

生垣の陰から飛び出しかけた、半端な縛り首のような格好で固定される。

悠二はずっと恐れていたこと、不安に思っていたことの実現に凍りつき、暴れたり叫んだりすることも忘れた。自分を掴んだモノを振り返り見ることもできない。一杯に見開いた目で、角の向こうの光景を、ただ見る。

「!?」

得も言われぬ不気味な眺めが、そこにはあった。

古びた遊歩道脇の、街路樹の根でデコボコになった石畳の歩道。

そこに、片足を上げた姿勢のままで止まっている、笑顔の老人。

彼の周囲、ポツリポツリと路面に揺らめく、幾つもの小さな火。

笑顔の老人は、人間ではなかった。

それは、シャナと戦っている敵に、回復のための〝存在の力〟を供給した水源……そう悠二が捉えたモノだった。直感で、それがなんであるかを悟る。

(り、〝燐子〟だ!)

その存在全体には、『人間の範疇』にない、なにか手を加えられた違和感のようなものが感じられた。紅世の徒〟の下僕……彼がかつて遭遇した、いかにもな強面の怪物たちとタイプこそ違うが、たしかにそう、〝燐子〟だった。

その周りの路面に揺らめく残り火の傍らには、子供用のゴムボールや真新しい三輪車、中身を零したジュースの缶などが、無造作に散らばっていた。これらは、遊んでいた子供たちとその親、もしかすると老人の縁者たちだったもの……さっきの戦いに供給するため、この〝燐子〟に〝存在の力〟を吸い取られた、人間たちの残骸だった。

悠二はそれら、笑顔の周りに広がる凄惨な喪失の光景を、首を鷲掴みにされたまま見せつけられる。

直前に、シャナがまた大きな力を振るったような気がしたが、自分の置かれた状況に呆然としていて、冷静な判断を下すどころではなかった。

その見る先で、老人の姿をした〝燐子〟が変化を始めていた。

笑顔が、体が、積み木を崩すようにばらけた。それら部品の間を繋いでいる山吹色のリボン状のものが伸びてゆく。その複雑に絡み合った文字列とも立体的に組み合わさった記号とも見えるものこそ、不思議を起こす力の流れの象徴にして効果を増幅する装置〝自在式〟だった。ばらけた部品を糧に、その自在式はどんどん長さを増し、絡み合い、膨れ上がってゆく。

「……うわ」

動けない悠二の眼の前で、山吹色の自在式の塊は、周囲の家屋を越す高さにまで伸び上がる。リボン状の自在式はいつしか植物の蔓の形を取り、高く伸びた先端が縒り合わさって一つの大きな蕾になる。

そして、その蕾は咲くための養分を求める。今度は上ではなく周囲へ、地面を伝ってジワジワと、根っ子のように蔓が伸び始めた。その先端に触れた残り火が、次々と〝存在の力〟を吸い尽くされ、消滅してゆく。

「あ、あ……」

その蔓の先端が、首根っこを押さえられた悠二の方にも伸びてくる。

自分も消滅する……悠二はその魔手の迫る様を呆然と眺めやる。

こうなることは覚悟していた。

しかし実際にその憂き目に遭うとなれば、当然の恐怖が湧いてくる。

ただ、後悔は感じない。それだけが、辛うじて彼女に誇れることだろうか。

それでも、取り乱したのか悲しみからか、目がどうしようもなく潤む。

みっともない、などと考えられる余裕はなかった。

「――シャナ!!」

どんな意味を込めて搾り出したのか、自分でも分からない叫び。ただ、自分が最期に言うべきことが、それ以外に思い浮かばなかった……それだけの、叫び。

「不愉快な名前ね」

「!?」

聞き覚えのある声に驚いた悠二は、後ろへと引き寄せられた。

「あんた、こんなとこでなにやってんのよ」

死んだとばかり思っていたフレイムヘイズ、『弔詞の詠み手』マージョリー・ドーが、呆れ顔を彼に向けていた。

シャナは、空中で全身をぶん殴られたような衝撃を受けた。紅蓮の双翼にさえ飛翔を許さない凄まじい力で、地面へと引き寄せられる。地面に叩きつける気か、と思う間に再び、今度は引き千切られるような痛みが四肢を襲う。

「つぐ!? こ、これ、は……」

シャナはマンション中庭の空中に、両腕を広げ、足をまとめた十字架の形で磔にされていた。両手首と足首にはそれぞれ山吹色に光る自在式が回り、枷となっている。その枷は宙で固定され、引くことも押すこともできない。紅蓮の双翼の力を全開にしても同じ、虚しく背中で燃えるだけだった。

「わあ、すごいよ、ティリエル！　こんどもつかまえたね！」

「ええ、当然ですわ、お兄様。フレイムヘイズって皆、頭が悪いんですもの」

囚われたシャナの頭上から、感嘆と嘲り、二つの明るい声が降りかかる。

「どうせ、あの大きな花を、私たちの弱点とでも思われたのでしょう？　あんなに目立つ形で、しかも無防備なままに一輪、咲かせていたというのに……うふ」

二人で一つの影が目の前に落ち、

「あれは『ピニオン』っていう、この『揺りかごの園(クレイドル・ガーデン)』中(じゅう)から〝存在の力〟を集めたり、私たちの近場に放出させたりする〝燐子(りんね)〟の一種ですの」

そして抱(だ)き合う〝愛染(あいぜん)の兄妹〟が、蔓(つる)に乗って眼前に下りてきた。

「『揺りかごの園(クレイドル・ガーデン)』全体で……そう、二、三十は配置してありますわ。今も、ここの物が壊れたことで、また別の『ピニオン』が新しい放出口に変化したところ。一つで足りないというのならどうぞ、いくらでも壊してくださいな」

リボンで飾られた帽子(ぼうし)の鍔(つば)の下に、形だけの笑みが見える。

「もっとも『ピニオン』は『揺りかごの園(クレイドル・ガーデン)』の中では人間に偽装(ぎそう)されていますし、変化後にはよりどりみどりの罠(わな)も一緒に起動するのですけれど……ああ！」

と不意に明るく、わざとらしく、今気付いた振りをして付け足す。

「そういえば、最初の一つ目で、もう動けくなっているのでしたわね、ふふ」

笑みの陰から、嗜虐心(しぎゃくしん)が覗(のぞ)く。

「でも、念のため――！」

声の切れを号令として、電柱ほどはあろうかという蔓の束が、宙で十字に固定されたシャナの腹を横様に打った。

「――ッ！」

コンクリの壁も一撃で粉砕するほどの打撃を受けて、しかしシャナは絶叫することを堪えた。

「やっぱり動けないようですわね、ふふ」

それを微笑んで眺めるティリエルの、今度は不意の一撃。

「つかは！」

背中をいきなり、より強く打たれて、シャナは思わず息を漏らした。集中力が途切れて、紅蓮の双翼が火の粉となって散る。

「あら、失礼。もう一打ち、言い忘れてましたわ」

ティリエルは、その様をまるで命の散華するように捉え、満足気に目を細める。と、その腕の中に抱かれていたソラトが、彼女に頬を寄せて叫ぶ。

「ねえ、ねえ、ティリエル！　もういいよね！　つかまえたんだしさ！」

「ああ、そうですわね、お兄様」

うっとりとした顔で、ティリエルは寄せられた頬に頬擦りで答える。そして、いかにもついでという風に、シャナに言う。

「では、そろそろ『贄殿遮那』を、渡していただけます？」

「ボクにちょうだい！　はやく！」

待ちに待っていた玩具をとうとう手に入れることができる、その期待と興奮に、ソラトはこれまで以上に目をキラキラとさせていた。

「誰が渡すか——っうぐ！」

拒否を口にした途端、シャナの右手首の枷が、その締め付ける力を強め始めた。組織が圧迫され、骨がきしむ。

「まあ、強情ですこと。私たちが優しくしているからって付け上がられると……少し怒ってしまいますわよ？」

「はなさないね、まだ、はなさないね」

抱き合ったまま勝手なことを言う二人に、もうシャナは返事をしなかった。否、できなかった。ほとんど腕を砕かれる寸前の、常人なら泣き喚くか失神するかという激痛に、歯を食いしばって耐える。

そんな彼女の抵抗を、ティリエルは嘲笑う。

「ふふん、頑張るだけ無駄なのですけれど。首にも枷をはめてみます？　それとも、もっと手っ取り早く、『吸血鬼』で腕ごと頂きましょうか？」

「え、きってもいいの？」

これは脅しではなかった。二人の表情から、そうすることになんの躊躇も抱いていないことが分かる。今すぐにでも実行しそうだった。

そうされないために、そうされた場合、どう対処すべきか……と強く思いを巡らせる間に、手の方が物理的に、握ることに耐えられなくなった。持っている物の重さで、細い指が柄からほどける。

「くっ……」

それは、力なく開いた親指に鍔を引っかけて回り、ズン、と切っ先から黒焦げの地面に深々と突き立った。

ソラトが歓喜の絶叫を上げる。

「『にえとののしゃな』!!」

3　紅蓮の宣誓

「あんた、封絶の中で動けるくらいしか能ないんでしょう。なんで隠れてないわけ？」

前に会ったときよりやや低調な声で、マージョリー・ドーは言った。悠二の方を向かず、ただその首を掴んだまま、ズルズルと後ろに引きずってゆく。

「うぐ、ちょ、うげ、苦、ぐ」

「ちょっと離れるわよ。このドでかい花モドキ、自在師と意識を同調させて、こっちの状況を見聞きするかもしれないから。私たちが動いてること、察知されるわけには行かないのよね」

「よお、マージョリー、首だ」

「……ん？　ああ」

マルコシアスに言われて、ようやくマージョリーは、悠二が死にかけていることに気が付いた。手を離して、宙に浮かべた〝グリモア〟に腰掛けると、

「つげほ、げほっ、って、うわわっ!?」

今度は悠二を小脇に抱えて飛んだ。堤防を越えて一気に真南川を渡り、対岸・市街地側の堤防の陰に降り立つ。高い堤防の下なら、とりあえずさっきの〝燐子〟から、こっちは見えない。当面、あの蔓が伸びてくる心配もなさそうだった。

マージョリーは突然の飛翔にクラクラしている悠二を放り出して、『玻璃壇』と通話する。

「聞こえる、二人とも？　やっぱりこいつだったわ」

《もう一人のフレイムヘイズのお付きで……ええ、と、たしか〝ミステス〟って奴ですか？》

と佐藤が、

《そいつ、まさか戦おうとしてたんですか……？》

と田中が、それぞれ答える。

「みたいね。無謀もいいとこだわ。あのチビジャリに忠義立てしてるか、惚れてるってとこでしょ」

悠二には、マージョリーが独り言を呟いているようにしか見えない。

「な、なに言ってるんだ……？」

マージョリーは、秀麗な眉をうるさ気に顰める。

「別の、もっとよく見える場所で戦況を監視してる私の子分たちと話してんの。少し黙ってて」

彼女は、自在法で『玻璃壇』に通信機の役割をする松明を点すことで、佐藤・田中と話をしているのだった。ちなみに、向こうにはマージョリーとマルコシアスの声しか伝わらず、向こうの声も同様、マージョリーとマルコシアスにしか伝わらない。佐藤・田中と悠二はクラスメイトだが、互いがそこにいることには全く気付いていなかった。

マルコシアスが、そんな両者の間柄を知らぬまま言う。

「紹介は勘弁な。今後の活動に支障が出るといけねえんでよ、ヒッヒ」

その、なんだか含みのある言い草に、マージョリーは鼻を鳴らす。

「ふん、それより他に動きは？」

《……》

《……》

沈黙が続いた。マージョリーは怪訝に思って、もう一度聴く。

「なに、どうしたのよ」

さっきのように、また鬱陶しい文句を言うつもりか、なにか変なことを言ってしまったか、と密かに身構えたり動揺したりする彼女に、思いもよらない答えが返ってきた。

《いえ、ちょっと感動してたんで……》

佐藤は今、『玻璃壇』で両掌を力一杯に組んでいた。

「はあ？」

《初めて『子分』って認めてくれたでしょう、姐さん》

こっちはガッツポーズで震える田中。

それを見てはいないが、声で彼らが本気だと感じて、マージョリーは呆れからの眩暈を覚えた。思わず額を手で押さえる。

(……ど、どこまでガキなわけ……)

さっきは喧嘩を吹っかけてきた(彼女はこう受け取った)くせに、ちょっと自分たちの気分を良くすることを聞いたら、もうこれだ。

(まあ、たしかに、子分としては可愛げがあるけど……って――)

「――なに馬鹿なこと言ってんのよ。それよりも、自在式に変化は?」

「ヒー、ハッハッハー! 照れてやがるぜ! 我が純情なるブッ!?」

「お黙り、バカマルコ!」

悠二の手前、マージョリーはことさら乱暴に〝グリモア〟をぶったたく。

《え、えと、さっき出来上がった花モドキ――ですか? それが中心になるように、根っこというか、パイプラインみたいに繋がってる式が組み替えられました》

《トーチの方には変化がありません。花モドキの変化も、前もって分からなかったし……とにかく式はグチャグチャで、シロートには、もーなにがなんだか》

できる範囲で正確に報告しよう、という意気込みが弾んだ声から丸分かりで、マージョリーは脱力する。なんだか色々、動揺したり気に病んだりした自分が道化のようだった。その馬鹿馬鹿しさは、顔の微苦笑、胸からのため息として表に出た。

「ふう――ん？」

マージョリーは、二人の報告と、目の前の少年がいるという事実から、気付いた。顎に手をやって沈思すること一秒、悠二に詰め寄る。

「そういや、なんであんた、あんな所にいたわけ？」

唐突に美女に鼻先を突きつけられて、悠二は大いに焦った。

「え、ああ、あそこにあった〝存在の力〟を集める仕掛けを、なんとか壊そうと思って、急いで走って……まあ、それが〝燐子〟だったことは知らなかったし、あんなのが相手じゃ、実際なにができたとも思えないけど……」

最後は渋々、自分の不甲斐なさを吐露する形になった悠二に、しかしマルコシアスは弾けるような感嘆で返した。

「おめえ、あの仕掛けがあることを、発動する前から察知してたってえのか!?　自在法の心得もねえのに!?」

「え？　……と、特別なこと、なのか？」

戸惑う悠二を、マージョリーは興味深げに、ふうん、と眺め直す。

「思いっ切り、特別よ。この無茶苦茶に絡み合った撹乱と偽装の自在式の中で、隠された〝燐子〟の位置を特定できるなんてね」

悠二は驚いた。このマージョリー・ドーは、戦闘の方面に特化しているとはいえ、相当な腕前を持つ自在師だとアラストールから聞いていた。その彼女でも見抜けなかったものを、自分が。

(そういえば、フリアグネの『都喰らい』のタネを見抜いたこともあったっけ)

ふと思い出す。消滅の覚悟を決めていた極限状態では、シャナの心音を感じることさえできた。どうやら自分には、〝存在の力〟に対する特別な知覚があるらしい。日毎その力を左右する『零時迷子』によるものなのか、と冷静に考えるのは一瞬だけ。

なにより今は、歓喜が先立った。

(そうか……僕にも、シャナの役に立てる力があるんだ!)

「なるほど、チビジャリも案外、良い子分を持ってるじゃない」

感心した風に言うマージョリーの耳に、

《むっ》

と『玻璃壇』から嫉妬の唸りが二重に聞こえた。ざまあみろ、と大笑いしたい気持ちを押さえつつ(それでも微妙にニヤつきながら)、話を続ける。

「あんた、私の嫌がらせに協力しなさい。チビジャリの方は、あの陰険変態兄妹との戦いで忙しいし。結果的に、チビジャリを助けられるわよ」

どうも彼女は、この状況下で幸いなことに、シャナに酷い目に遭ったことを根に持ったりしていないらしかった。戦闘狂だから粗暴、復讐者だから執念深い、という安直な連想で片付けられるほど、単純な性格でもないらしい。

ともあれその提案は、悠二にとっては望むことそのものである。断るわけもなかった。強く頷き、要求さえする。

「分かった。とりあえずその、変態？　兄妹……とか、事情を説明してくれよ」

「ヒュウ！　ホントーに良い子分じゃねえか」

「それともなに、やっぱ惚れてるわけ？」

からかうマルコシアスと他意なく訊ねるマージョリーに、悠二は咳払いだけで返事した。


もはや主にとって古びた玩具でしかなくなった大剣『吸血鬼』が、乱暴に放り捨てられた。まるで風車のように回転して、黒焦げの壁に音高く刺さる。

その主たる〝愛染自〟ソラトは、自分が長い間欲しがっていた新しい玩具、ただそれだけを見つめている。

シャナの炎で炭化した芝生の上に突き立つ、一振りの大太刀。

余計な装飾のない質実簡素な拵えが与える、重みを持った風格。

優美に反った細く厚い刀身に満ちる、獰猛でさえある殺伐の銀。

双方の全き調和のもと、佇むその銘は、『贄殿遮那』。

「うわあ……」

ソラトは意味のない嘆声を上げながら、手を伸ばす。

噂はずっと、聞いていた。永きに渡り〝紅世の徒〟とフレイムヘイズを屠り続けてきた化け物トーチ、史上最悪の〝ミステス〟、〝紅世〟に関わる全てに仇なすモノ……〝天目一個〟。

その本体にして神通無比の力を謳われる大太刀が、この『贄殿遮那』なのだった。

しかし、ソラトは感慨を抱くことも、勿体つけることもない。アイスクリームや風船を欲しがったときと同じ、己が欲望を満たす物の一つとして、無造作にそれを取り上げた。

「やったぁ！　やったぁ！『にえとののしゃな』だ!!」

ぴょんぴょん飛び跳ねて、『贄殿遮那』を振り回す。

宙で磔にされたシャナは、そのソラトのはしゃぐ姿に、どうしようもない不快感を持った。アラストールを侮辱される感覚と似た……自分の一部でさえある、数多の戦いを一緒に潜り抜けてきた友を汚されているような気持ちだった。そんなシャナの深い憤りを余所に、

「やったよティリエル！　ボクのもの、ボクのものだ！」

ソラトは叫んで、妹に抱きついた。その胸に埋もれながら、喜びを満面に示す。

ティリエルも、無邪気な兄を胸に抱き締めて、ほとんど恍惚とした表情で答える。

「その通りですわ、お兄様。あなたの物、私が与えた、あなたの物……ん」

ティリエルは、ソラトの髪にキスをした。

「……お兄様」

彼女の声に求めを感じて、ソラトもティリエルの胸から顔を上げる。

「うん！　ごほうびだね！」

二人は見つめ合い、予定調和のように顔を寄せてゆく。

（……なに……？）

訝しげなシャナの目前で、その行為は始まる。

（――「自分の全てに近付けてもいい、自分の全てを任せてもいい……そう誓う行為」――）

不意な予感とともに、坂井千草の声が脳裏に響いた。

（――「それは親しい人たちに対するものと違う」――）

今、行われつつあるものがそれだとは、どうしても信じられなかった。

（――「もっと強くてどうしようもない気持ちを表す、決意の形」――）

しかし、間違いようもない、互いに吸い寄せられるようなそれは、

（――!!）

口と口の、キス。

（――気持ち、悪い――）

唇を重ね、舌を絡め合う二人の姿を、シャナはそう感じた。感じつつも目を閉じなかったのは、千草の言葉と目の前の行為が繋がらないことへの不審、そして最悪の意味で受けた衝撃が

あまりに大きすぎたからだった。

こんなこと、不快にしか思えなかった。

と、まるでその気持ちが伝わったかのように——あるいは顔に出ていたのかもしれなかったが——ティリエルは眉を険しく寄せた。

「………………ん」

最後にひとしきり強く兄を抱き締めると、名残惜しげに唇を離す。僅かに唾液が糸を引く様が、よりシャナの不快感を煽った。

「そういえば、あなた……さっきおっしゃいましたわね?」

「……」

腕の内に兄を容れて問い詰めるティリエルに、しかしシャナは答えない。

「ベタベタして不愉快、とか……私、侮辱は許さない質ですの。私とお兄様の愛を汚される類の言葉は、特に」

ティリエルはソラトの手を引いて、シャナのすぐ前に立った。シャナはやや高い場所で磔にされているため、二人の顔は丁度、彼女の腹あたりの高さになる。

「さて、どうやって殺して差し上げましょうか……っ!」

ガアン、とまた予告なしに、今度は頭を横様に蔓の束でぶん殴られた。

「ぐ、あっ!」

シャナは完全に空中で固定されているため、その衝撃を動作や姿勢で逃がすことができない。全てダメージとして受け取ってしまう。頭がくらくらして、目の前が白と極彩色に瞬いた。

（……違う、なにか、違う……）

その衝撃の中に、シャナは思いをよぎらせる。千草の言葉に納得した自分の気持ちと、この二人の様子に抱いた違和感が、どこかで繋がっているのを感じる。

「ふん、せっかく時間をかけて『揺りかごの園』を張ったというのに、最初の罠でもう終わりなんて……威勢の割に呆気なさ過ぎましたわね」

ティリエルの嘲りの端に、遊びの無い殺気がある。周囲に、蔓がざわめき伸びる気配が湧き上がる。

そのとき、

「ねえ、ティリエル！　こいつでためしぎりしてもいい⁉」

声に楽しさを一杯に表して、ソラトが言った。

途端、ティリエルの殺気が霧散した。

「あら、さっそくですの？　どうぞ、構いませんわよ」

まるで散歩にでも誘われたような、明るい同意。

「ええとね、すこしずつきりきざんで、さいごにあの、ほのおのけんでとどめをさすんだ！」

「まあ、それは素敵なやり方ですわね」

「うん！」

ソラトの、頷く仕草と斬る動作が、全く同時に起きた。

シャナが気付いた時には、もう彼は両腕を振り上げていた。

「――!!」

剣のやり取りで完璧に不意を突かれた衝撃に、シャナは凍り付いた。

今ソラトが殺すつもりだったら、間違いなく即死していた。ただでさえ技巧精妙の使い手だったこの美少年は今、念願の宝具を手に入れ、精神的にも最高潮の状態にあるのだった。

「うん」

再びソラトが言うと、それを合図にしたかのように、斬撃の成果が現れる。落ち葉の枝から離れるように、朝露の葉から零れるように、自然に。

白い上着の下半分に縦一線引かれていた斬撃の跡……先の戦闘中に斬られたその跡が、全く同一の延長線を描いて襟元へと伸びた。ハラリ、と上着が中心から分かれ、タイが結び目から二片を落とす。胸に下がったペンダント〝コキュートス〟を避け、下のキャミソールにも繊維一本の傷さえ付けていない。恐るべき腕の冴えだった。

「このけん、ぜんぜんはすじがみだれない！　ふりごこち、さいこうだよ!!」

その技巧が嘘のように、ソラトは子供っぽく大太刀をブンブン振り回す。

ティリエルは耽溺の表情で答える。

「ええ、お見事ですわ、お兄様……神器までよけて差し上げるなんて、うふふ」

行為に声に嘲弄を受けるアラストールは、しかし答えない。

それをティリエルは観念したものと受け取った。勝ち誇って処刑法を告げる。

「さっき私のお兄様が仰ったこと、覚えていらっしゃる？　次はその貧相な胸の覆いを、その次は皮、その次は肉、その次は骨、その次は内蔵を一つずつ斬っていく……フレイムヘイズ相手によくやるお遊びですの。あなたは、どの辺りまで生きていられるかしら？」

「くっ……！」

シャナはなぶられる屈辱に歯を食いしばり、全身に力を込めるが、やはり両手首と足の枷はびくともしない。

その様に嗜虐の愉悦を感じつつ、ティリエルは兄を促す。

「さあ、お兄様、続けてくださいな」

「うん、ふたつめ！」

剣風さえ感じさせない鋭い斬撃が過ぎて、今度はキャミソールが真ん中で割れた。

（……皮は、我慢できるかな……骨までだと、無理……）

シャナは、胸の中央を晒す羞恥など感じない。次に来る一撃が、戦況にとってどれほど不利になるか、それだけを冷静に考えている。非常時に発揮する力も密かに溜め、顕現の構成を静かに練る。

そんな彼女に気を配るでもなく、ソラトは『贄殿遮那』の刀身に手を添える。

「このけん、すごいね！　ボクのねらいにぴったりとんでいくよ！　これなら、かわもにくもほねも、いままでよりずっとうまくきれるよ！」

「うふふ、そのようですわね。さあ、次を――」

市街地、山吹色の霧の中で静止する人込みの上を、束ねた画板ほどもある本〝グリモア〟がすっ飛んでゆく。

「こ、今度の〝徒〟たちは『贄殿遮那』を狙って……？　じゃあ、これはシャナのせいだって言うんごぁ!?」

その後ろに掴まる悠二は、カーブを曲がる拍子に舌を噛んだ。

前には、マージョリーが足を組んで腰掛けている。膝についた頬杖の上から、無知に呆れる声が返ってきた。

「馬鹿。誰も責めてなんかないし、責められるようなことでもないわよ。あの陰険変態兄妹が行く所は、全部こうなる。今度はたまたま、奴らがここに来たってだけよ」

「ヒヒヒ、ま、そーゆーこった。ここに来たおかげでどっかは助かった。ここで討滅すりゃ、以降の犠牲も出ねえ。フレイムヘイズの仕事ってなあ、そーいうもんよ。誰だって万能にゃーなれねえ。なら、次善の策で行くしかねえの、さ！」

マルコシアスも軽く言って、〃グリモア〃を加速させる。山吹色の霧溜まりに突っ込むと、真ん前にビル壁面の突き出し看板が現れた。

「おーっとっとい！」

軽く〃グリモア〃が横転、華麗にかわす。

「うわっ⁉」

悠二は、マージョリーのように自在法で〃グリモア〃とくっ付いていない。危うく振り落とされそうになった。

「ほら、どーでもいいことグチャグチャくっちゃべってる暇はないでしょ。だいたい、なんで私たちがあのチビジャリの弁護なんか……」

マージョリーはぶつぶつ言いながらも、悠二を〃グリモア〃の上に引き上げてくれた。ついでにその手を引き寄せ、もう振り落とされないよう自分の腰に摑まらせる。佐藤と田中が見たら狂死ものの厚遇だった。

ジャケット越しに感じられる、その細さと柔らかさに、悠二はドギマギする。お礼を言おうと思って上を見ると、今度はそこに豪勢な胸がそびえていたりする。慌てて目を逸らし、小声をようやく搾り出した。

「た、助か、りました、どうも」

「あーはいはい。それより、そろそろでしょ」

どういう会話を予分たちとしたのか、マージョリーは出くわしたときよりも、少し倦怠感が薄らいでいるように、悠二には見えた。

（どこにも誰にも、色々あるもんだ）

と今のやましい状態を、いろいろ考えることで誤魔化している内に、次の標的が近付く。

「あ、あれだ！」

「どれよ」

「どれでぇ」

即座に突っ込みが入る。職業（？）柄、フレイムヘイズは正確で具体的な表現を好む。

悠二はマージョリーの右脇から首を突き出し、必死に目を凝らして言い直した。

「えーと、ガソリンスタンドの前にいる、黒と赤のシャツを着てる若い男だ！」

「よし、メモ！　ガソリンスタンド前、黒と赤のシャツ、若い男！」

《りょーかい、ええと、御崎シネマ横か……ガソリンスタンド前、黒と赤のシャツ、若い——》

《男な》

《わ、分かってるよ。マージョリーさん、オーケーです》

佐藤と田中が『玻璃壇』から答える間に、二人を乗せた〝グリモア〟は、悠二が指した男の頭上を通過する。

その男の形をしたモノは、群衆に紛れて潜む、そして悠二だけに判別できる、特別な存在。この封絶もどきの中、周囲の人間から〝存在の力〟を集め、〝愛染の兄妹〟へと供給する〝燐子〟の一つだった。マージョリーは今、悠二の感覚を借りて、市街地に散らばり潜伏しているそれらを見つけて回っているのだった。

マルコシアスが呆れ声で言う。

「よお、素直に覚える気にゃなれねえか、我がものぐさな探索者、マージョリー・ドー？」

「もし不測の戦闘が始まったら、混乱して思い出すどころじゃなくなるでしょ。実際に記録しとくのが一番なのよ」

「なーるほど、ごもっともだ。それを他人にさせるとこがアレだけどな、ヒッヒ」

「お黙り」

マージョリーは前にぶらつかせていた足の踵で〝グリモア〟を小突いた。

彼女は、潜伏している〝燐子〟をすぐに破壊せず、記録するだけに留めている。

理由は二つあった。

まず一つは、〝千変〟シュドナイの参戦を遅らせるためである。

もし〝燐子〟の破壊を察したシュドナイが早々に現れたら、戦いながら〝燐子〟を見つけてゆく羽目になる。（マージョリーが自分の不調を隠して悠二に語るところ）これは至難の業で、まず悠二の身がもたない。よって、あらかじめ場所を確定しておいてから、後で改めてマージヨリー単独で潰しにかかることにしたのだった。

もう一つは、マージョリー・悠二の共作による、現状を打開する作戦の一環としてである。

「一自在師としては、ド素人に助けられたまんまじゃ、立つ瀬がないのよね」

とマージョリーが、

「計算外の僕だからできることだと思う」

と悠二が、それぞれ作戦への意気込みを語っている。

不幸中の幸いと言うべきか、この封絶もどきの中において、シュドナイは己の大きな気配を全く隠していない。大雑把ながら、どの辺りにいるかすぐに分かる。今も市の中央部に鎮座したまま。不意打ちの心配だけはなかった。

「たしか、これで一五個目だったわね。あと何個くらいあるわけ」

とマージョリーが、しがみ付く悠二を見下ろして訊いた。

悠二は持てる感覚を集中させて、できるだけ正確な答えを返す。

「ええ、と……住宅地にいる、花も含めた二、三個……これを除いて、七、八個ってところだ。あ、次の信号を右に」

その住宅地に散らばる〝燐子〟も、どうやら坂井家や学校からは遠い場所にいる。母・千草やクラスメイトたちは無事のはずだった。

原因がどうあれ、事態への収拾に動いているのだから、このくらいの気遣いや心情的な贔屓は許してもらえるだろう……と悠二は半ば開き直りのように思う。

（そうさ、次善の策しかないのなら、その次善をきっちりと果たすだけだ……）


シャナは、実行を前提とした脅しにも、取り乱したりはしなかった。

ティリエルは、頬をわずかに強張らせた。

己が復讐を果たすこと叶わず、処刑を待つのみとなったフレイムヘイズたちの憎悪と怨嗟の叫び、狂乱して暴れる様……そんな、彼女らが常に迎えてきた勝利の姿を、彼女が取らないことが、気に食わなかった。

「——なにか、言いたいことでもおあり？」

宙に磔にされたままのシャナは、臆せず堂々と答えた。

「おまえたちのは、違う」

「……なんですって？」

ティリエルは、この簡潔な一言に込められた、自分たちの在り様への否定を感じ取った。兄と繋いだ手に力を込める。ソラトがその手に怒りの前兆を感じて、ビクリと肩を震わせた。

シャナは構わず、自分の気持ちを口にする。

「おまえたちのは違う、って言った」

「……ふん」

ティリエルは鼻で笑うと、強く握った手を引いて、兄を抱き寄せて見せた。ソラトは抱き寄せられるまま、その体を妹に預ける。

「私が与えて差し上げたのよ？　お兄様に、この喜びを」

「……」

「そして、そのお兄様の喜びが、私の心を満たしてくれる」

「……」

シャナは、その抱き合う姿に、いつかの自分と悠二を思い起こし、そしてその同じはずの姿に、奇妙な齟齬のようなものを感じていた。

「それを感じ合い、確かめ合う……私たちは、お互いに愛を謳歌している……討滅しか頭にない"王"の道具ごときに、とやかく言われる筋合いはありませんわ」

ティリエルはソラトと、今度ははっきりとシャナに見せ付けるつもりで、熱く濃厚な口付けを交わした。

（悠二と私も、いつか一緒に行くときに、こんなことを……？）

シャナは兄妹の行為に釣られて一瞬、馬鹿な妄想に引き込まれた。危うく我に返り、むっとなる。目の前の光景は、間違いなく受け入れられないなにかを持っていた。こんなことをするのは、絶対に嫌だった。

（そう……一緒に、っていうのは、こんなことじゃない……）

夜明け前、二人で青空を眺めたときの気持ちが、

（――「頑張るよ」――）

戦いの前、別れたときの気持ちが、

（――「ありがとう。僕もやるよ」――）

こんな気持ちの悪いものと、同じであるはずがなかった。

（悠二……おまえは今、私と一緒にいてくれている……？）

それは問いかけでありながら、まるで確信のように心に響く。

シャナは、漠然とでありながらも感じている強さから、自分の想いの在り方こそが、唯一絶対の真実だと思っていた。ゆえにティリエルの、自分たちとは違う、より激しく執着に傾いた心情と行為が愛の一つ形であると理解できず、その姿に猛烈な違和感を持っていた。

そんな彼女は、全く当然のように言う。

「やっぱり、違う」

「……」

ティリエルは、ソラトとの口付けを惜しみつつ、唇を離した。僅かに顎を引いて、帽子の鍔の下に視線を隠す。その、笑顔に一線落ちる影の下で、ゆっくりと怒りが満ち始める。

それを感じながら、しかしシャナはきっぱりと言った。

「おまえたち、お互いにすがり付いているようにしか見えない」

ティリエルの笑顔が、

「――――!!」

一瞬で憤怒の形相へと変わり、絡めていた手で兄のそれを引く。

「あっ?」

驚くソラトとともに、ティリエルはシャナへと手を伸ばしていた。二人の手にある『贄殿遮那』が、シャナの顕わになった胸の中央に突き付けられる。その切っ先が、本来の持ち主の白い柔肌を、じわりと押した。

「……お子様には、少しお話が高尚すぎましたかしら」

ティリエルは、その怒りの変貌に怯えるソラトを押さえつけるように胸に抱き、彼の手の上からかぶせるように握った大太刀で、シャナの胸の中心線を予行演習のようになぞる。

「愛を語ったところで、やはり道具相手では甲斐ないことだったようですわね……なるほど、その年でフレイムヘイズになっているのだから、女にも、なれていないのでしょうし」

「……女、に……?」

意味が分からず戸惑うシャナを、ティリエルは深い怒りと優越感を混ぜて嘲笑う。

「ふん、そんなことも知らないくせに、私たちの愛を否定するなんて……」

憎悪の高まりとともに切っ先が止まり、シャナの胸に一点の影が深まる。

「……身のほど知らずもいいところ……！」

「っ！」

プツン、と切っ先の鋭さが、柔らかな肌の張力を越えた。ゆっくりと、血の玉が膨らんでゆく。

「では、あなたの単純な頭でも分かるように言い直しましょうか。私はお兄様の望みを叶える、私はお兄様を守る、それが私の全て……どう？　理解できまして？」

「――――っ！」

彼女が言う間にも、蟻の這うようにゆっくりと、切っ先は下がっていた。血の球は崩れ、一筋の赤い流れとなる。

「そう、今のように」

シャナは叫びを堪え、思う。

（――こんな奴らに見せ付けられて、戯言を聞かされて――）

うんざりだった。

（――一緒にいるのも、もう――）

と、いきなり、

「!!　――なに、これは!?」

ティリエルが顔を跳ね上げた。遠く市街地へと視線を巡らせる。

シャナも感じた。市街地に、一個の気配が現れている。

間違えようもないそれは、先の強大な〝徒〟との戦いの中、消えたはずの、獰猛な存在。

フレイムヘイズ、『弔詞の詠み手』マージョリー・ドー、再びの参戦の証だった。


山吹色の霧の中に、ごく普通の乗用車が一台、止まっている。停まっているのではなく、止まっている。『揺りかごの園』に囚われて、走行中に静止したのである。

にも関わらず、運転席には誰もいない。その隣の助手席、ぶち割ったフロントガラスから両足を投げ出して寝ているダークスーツの男に、もう喰われていた。

《シュドナイ！》

その車の傍らに棒立ちになっていた、配送屋らしき男の姿をした〝燐子〟——無論、『ピニオン』の一つである——が、彼の雇い主の言葉を届けた。

「聞いてるよ」

リクライニングを一杯に倒した助手席から、〝千変〟シュドナイは答えた。サングラスに隠した目は開けず、火の消えた煙草を咥えている。

《気配は感じているのでしょう！　なぜフレイムヘイズを殺しに行かないの！　あいつよ、あの爪牙の奴隷が、また現れたのよ!?》

逆上した声とその内容に、サングラスの上に出た眉が、僅かに寄った。

「彼女を放っておけと言ったのも、まず『オルゴール』を守れと言ったのも、君だったと俺は記憶しているがね」

《状況が違うわ！　あいつは今、『ピニオン』だけを潰して回っている!!　この短時間で、いったいどうやって、あれだけの偽装紋様を見抜いたっていうの!?》

（んなこた、知らんよ）

と思いつつも、

「それは、大変だ」

と返答してやる。もちろんティリエルはそんな気遣いには気付かず、再び食って掛かる。

《何をグズグズしているの!?　このままでは『揺りかごの園』が解けてしまうわ！》

シュドナイは起き上がりもせず、平淡な声を放る。

「別に構わんと思うがね」

《なんですって？》

「さっきまでの騒ぎで、もうお目当ての『贄殿遮那』は手に入れたのだろう？　さっさとそこにいる……誰だかのフレイムヘイズを殺して引き上げたらどうだ。逃げるだけなら、香港のときのように俺がなんとでもしてやる。これ以上の長居は、ただの無駄骨だぞ」

この冷静な提案を、しかしティリエルはにべもなく拒否する。

《駄目よ！　あいつは私の『揺りかごの園』の秘密を……『ピニオン』の偽装を見破る方法を知っている！　生かして解き放つわけには行かないわ！　それに》

「それに？」

《あの爪牙の奴隷は、私とお兄様を侮辱した！　殺すのよ!!》

ティリエルの、憎悪と怨嗟からなる声に、シュドナイの煙草がピクリと揺れた。

「……しかし『オルゴール』はどうする。これをどうにかされるのが、一番困るんではなかったのか？」

《あなたが狂犬を始末する。私たちはすぐこいつを処刑して合流する。それで終わり。なにを心配する必要があるの？》

「それは、まあそうだが」

　生返事の裏で、シュドナイは思いを巡らす。

（あの狡猾な女が、こうも軽率に再戦を挑んでくるものだろうか……それとも、『ピニオン』を片付ければ我々が引き上げる、と常識から判断しているのか？）

　彼はティリエルよりも、はるかによく『弔詞の詠み手』マージョリー・ドーの事を知っている。不調とは言え、油断して良い相手ではなかった。現に今も、どうやってか『揺りかごの園』の仕組みを看破し、その力の根源である『ピニオン』を潰して回っている。

（いずれにせよ、判断するには材料が少なすぎるな……あるいは、一当てしてみるのもよいか

もしれん）

とシュドナイは結論付ける。

《場所は分かるわね？　すぐかかって！》

急かす声を受けて、ぷっ、と煙草が吹き捨てられた。

「分かった。『フレイムヘイズから君らを守る』というのが、俺の受けた依頼だからな。小箱の番も、そろそろ飽きていた頃だ……」

フロントガラスから延びていた長い足が、その先に大鷲のような爪を生やしてゆく。さらにその全体が不自然にグニャリと下に湾曲し、ボンネットを文字通りの鷲掴みにした。

「狼狩り、か」

ボンネットを掴んだ足を支点に、まるで起き上がりこぼしのように、体が付いて立つ。ズルリ、と車の中から引き出され、立ち上がった体は、既に人の形をしていなかった。

「それにしても、期待と一体の不安……ここまで見事に応えてくれるとはな」

人外の怪物が、荒い息吹に混ぜて、濁った紫色の火の粉を散らす。

（処刑、ね）

ティリエルの、直接口に出しての通話を聞いていたシャナは、自分へと割り振られた予定に思わず失笑を漏らした。

ティリエルが目ざとく見咎める。

「なにがおかしいんですの？」

シャナは、血塗れ、磔の姿勢のまま、平然と答える。

「別に。待ってた甲斐は半々だったかな、ってだけ」

その裏、頭の中では思考を猛然と巡らせている。

（あいつが今、市街側にある『ピニオン』を破壊している）

調子に乗って『ピニオン』のことを説明し、焦って戦況を敵前で喋る、それら——圧倒的に有利な状況でしか戦ってこなかったがための——戦闘の機微への疎さから来る過失を犯したことに、ティリエル自身は全く気付いていない。現に、シャナの言葉の意味さえ図りかねている。

「……待っていた？　半々？」

「痛くて不快な目にあったことと、向こうの時間稼ぎになったことよ」

その意味ではなく生意気な口調に、ティリエルの苛立ちは再び、怒りに転化する。

「時間稼ぎ……そんな状態になってまでとは、ご苦労なことですわね。まあ、自分の成果を確かめられたのなら、もう思い残すことはないのでしょうけれど……お兄様」

ティリエルが、シャナから距離を取るべく歩き出す。その手に引かれるソラトは、彼女の意図を察知した。ぱっと顔を明るくする。

「あっ！　つかうよ！　つかってもいいよね、ほのおのけん!?」

「ええ。そろそろ、存分に、燃やして差し上げましょう。いらない道具や玩具は、焼いて処分するに限りますものね」

兄妹はシャナの正面、少し離れた場所に立った。

シャナは磔にされたまま、不敵に笑っている。

それが気に食わないティリエルは、再び見せ付けるように兄に抱きついた。

「寂しく一人、その身を焦がして死んでいきなさいな、討滅の道具」

しかしシャナは、彼女の予想に反して、その笑みを崩さない。力を声に満たして、言う。

「一人じゃない」

「ふん、身の内にある〝王〟が一緒？　その〝王〟があなたを抱き締めてくれるとでも？」

シャナは、せせら笑うティリエルを無視して、自分の言葉を続けた。

「道具でもない」

「……」

ティリエルは、今度は笑うことができなかった。なにか気圧されるようなものを、磔にされた獲物が漂わせていることに、ようやく気が付いた。一言だけなのは、クドクド説明するまでもない事実だから、と感じさせられる。

それは強烈な確信の姿だった。

そして、卑小な反駁ではない、堂々たる宣誓のような声が上がる。

「私たちは、共に在ってすがらず、ただ互いを強く感じ、力を得る」

シャナは、炎髪と灼眼を華麗に煌かせ、笑っていた。

「私は、フレイムヘイズ。世界のバランスを守るという使命の遂行を誓い、決意した者」

それに和して、胸元の〝コキュートス〟から、今まで一言も喋ろうとしなかった魔神の、遠雷のように豪快な笑声が轟いた。

「……ふ、ふふ、はは、はぁ――っはははははははははははははははは!!」

ティリエルは、この凄まじい交歓の様に、言い知れない恐怖を抱いた。たまらず兄を急かす。

「お、お兄様!!」

「うん!」

ソラトは隙ない構えて『贄殿遮那』をかざし、その切っ先を離れたシャナに向ける。

シャナは全くなんということもない顔で、

「炎の剣、ね……それは」

両腕に〝存在の力〟を、広がる力のイメージを漲らせた。

「――っこれ!?」

両手首の枷が、内からの莫大な力の膨張を受けて、一気に砕けた。

シャナの両腕から、各々短く顕現したそれは、二振り燃える、紅蓮の刃。

兄妹が『贄殿遮那（にえとののしゃな）』の能力によるものと勘（かん）違いしていた、『炎髪灼眼の討ち手』の力。

「――なっ!?」

「――あ」

驚愕（きょうがく）するティリエルと呆気（あっけ）にとられるソラトの前で、シャナは両腕を頭上で合わせた。二振りの刃は、そこで紅蓮の大太刀（おおだち）へと変わる。

「っ！　お兄様!!」

「うん、ほのおのけん――」

ソラトはこの期（ご）に及んでもなおティリエルの命令で動き、その手に握った『贄殿遮那（にえとののしゃな）』に"存在の力"を集中させる。しかし当然、なにも出ない。

その彼らの眼前に、紅蓮の大太刀が振り下ろされた。地面に激突し、大爆発が起こる。

（な、なんてことなの！　爪牙（そうが）の奴隷（どれい）といい、なぜこうも――!?）

帽子（ぼうし）を押さえ、ドレスを熱波になびかせながら跳（と）び退（すさ）るティリエルを、傍（かたわ）らのソラトが肩で突き飛ばした。

「お兄――!!」

紅蓮の炎満ちる戦野、束縛（そくばく）を打ち破ったシャナが、その頭上から飛び掛っていた。彼女の手にある得物（えもの）は、紅蓮の大太刀ではない。

ソラトは剣士としての絶妙な反射から、この不意打ちを『贄殿遮那（にえとののしゃな）』で受け止めた。

が、

「！」

ティリエルは、ギョッとなった。

シャナが持つ、その大剣は――!!

「――お」

兄様、の声が出る前に、シャナは瞬間的に放出できる〝存在の力〟の全てを、気合とともに大剣に流し込んでいた。

「っだあああっ――!!」

力の供給を受けた大剣『吸血鬼』が、刀身に揺れる血色の波紋を、強く波立たせる。

「あっ？」

ソラトの呆けた声が、爆発するように全身から噴き上がった血飛沫の中、埋もれた。

血飛沫が山吹色の火の粉となって散る、その光を斬り裂いて、シャナの二太刀目が走る。

ド、とくぐもった音がして、『贄殿遮那』を握っていた手首が斬り飛ばされた。

クルリと宙を回る半瞬でそれは捕らえられ、本来の持ち主の手に帰す。

それと一つ動作の元、

「返す」

の声と共に投げつけられた『吸血鬼』を、ティリエルがまともに胸に喰らい、吹っ飛んだ。

さらにシャナは、熟達の演舞のように流麗自然な踏み込みで彼女を追い、取り戻した愛刀の横斬り一閃、その胴を両断した。

鍔広帽子が宙に取り残され、はらりと舞う。

〝愛染の兄妹〟は、互いに驚きしか表せず、くずおれ、転がった。

シャナは既に、紅蓮の双翼を煌かせて、中天に舞い上がっている。

全てを焼き尽くすために。

(悠二)

心の隅で小さく呟く。すでに確信していた。

(悠二が、いるんだ)

ティリエルが偽装云々を豪語していた『ピニオン』を、どうやってマージョリーは見分けたのか。一度敗れたというのに、なぜまた軽率に見せ付けるような行動を取っているのか。

巨大な異界『揺りかごの園』。その全域から〝存在の力〟を集め、〝愛染の兄妹〟に供給する仕掛け『ピニオン』。動き出したもう一人のフレイムヘイズ。市の中心にいた強大な〝徒〟。

坂井悠二という存在をそこに加えることで、繋がりと狙いが見えてくる。

(――そう)

熱く強い気持ちが、胸を痛いほどに焦がす。ティリエルから受けた痛みなど押し流してしまうような、より強い紅蓮の力が、炎髪に灼眼に双翼に溢れる。

(これが、一緒にいるってことよ!!)

《花柳建設の看板越えて、向かいのビル二階》

《これか、バー『Bウィンド』の中、灰色ジャケット、ピアノ弾いてる若い男!》

田中と佐藤の指示通りに、群青の火を噴く〝グリモア〟の上に立ったマージョリーが、人の形をした矢のように飛ぶ。その眼鏡越しの視線が、やや薄まった山吹色の霧の彼方に『Bウィンド』の看板を捉える。

「……せー、の!」

その飛翔の先頭に突き出した指先に、まるで鏃のように群青色の炎が噴き出す。その棚引く間も数秒、瀟洒な格子戸を模した窓をぶち破って、中に踊りこむ。さっき〝ミステス〟の小僧と見て回ったときに覚えている。真昼間からバーの奥でピアノ弾いてるスカした奴だ。

「背理、回帰順配列!!」

掛け声と共に指した指先で、鏃が円形の自在式に変化、起動した。その威力を受けて、指差された男、人間に偽装した〝燐子〟は一挙にばらけ、再び組みあがる。

実は、ティリエルが感じたのとは違い、『ピニオン』は破壊されてはいなかった。マージョリーによる細工で、その機能をとある方向へと変質させられていたのである。

「よっし終わり、次！」

《田中》

《おう、次は店出て左、大通りまっすぐ、交叉点の歩道橋》

《ええと……そこに一人だけいる、白いスーツの男！》

とうとう『公称』となったマージョリーの子分二人は、田中が『玻璃壇』を見ながら〝燐子〟もどき（彼らは『ピニオン』という名称を知らないのでこう呼んでいる）を素早く効率的に潰して回るルートを指示し、佐藤がメモを元に〝燐子〟もどきの細かい特徴を読み上げるという役割分担で、マージョリーに指示を出していた。自ら言うところでは成績も悪い方だというのに、こういう気の乗ったことへの手際はいい。

（勉強の方も、要するに怠けているだけじゃないの）

という感想を、マージョリーはあえて口にしなかった。

「いた」

歩道橋の上に立っている〝燐子〟もどきに再び指を差し、

「背理、回帰順配列!!」

の掛け声とともに組み替える。お得意の即興詩ではない、流れの色気も遊びの弾みもない、全くの機能のみの掛け声。気に食わないが、歌が湧かないのだからしようがない。

「あと二、三個か……――！」

《次は……》

言いかけた田中を、

「いいわ」

マージョリーは遮った。〝グリモア〟を宙に留めて、その上で風を受け、立つ。

《え、あ……!》

田中が気付き、声の端に恐怖の色を表す。作戦に折り込み済みの、難しくも恐ろしい戦いが始まるのだ。

「時間切れよ。上手くやった方だけどね」

強大な力を持つ〝紅世の王〟が、遂に動き出した。感じる気配、この世の違和感が、どんどん大きくなる……つまり、近付いてくる。

《マージョリーさん》

《姐さん》

不安から同時に二人が言いかけるが、またマージョリーは自分の声で遮る。

「お黙り。まあ後は、灼眼のチビジャリか〝ミステス〟の小僧がなんとかするまで、粘れるだけ粘ってみるつもり。逃げが二度通用する相手じゃないだろうしね……」

《最初からそんな弱気なんて、マージョリーさんらしくないですよ!》

佐藤の声に、またぞろムカッときた。

（私に自分の期待を押し付けるのは止めて）

《以前の、あの強くて格好いい姐さんは、どこにいったんですか！》

田中の声で、危うく怒鳴りそうになった。

（私は、おまえたちが思ってるほど、強くも格好よくもない！　間違えるときは間違えるし、負けるときは負けるし、逃げるときは逃げるし、落ち込むときは落ち込むのよ!!）

それを辛うじて押し止めたのは、取り乱すのはみっともないという、要するに、女としての見栄だった。

実際に口にしたのは、

「……らしいもらしくないもないわよ。私は今、自分がなにしてんだか、なにしたいんだか、分からなくなってんだから」

という、抑制を効かせた本音だった。

それが、あるいは怒鳴りつけるより効いたのかもしれない。二人は黙ってしまった。

ややあって、田中がポツリと訊いた。

《フレイムヘイズの使命とかは、感じないんですか？》

「今まで好き勝手やってきたしね。なにが使命なのやら」

佐藤があくまで期待を捨てずに言う。

《それじゃもっと単純に、僕らと御崎市を守ってくれるとか……》

「守る？　今さらそんな大仰なこと言われても、実感なんて湧きゃしないわよ」

言う間に、本当の時間切れが来た。

「ご両人、戦闘中は話し掛けんじゃねえぞ」

マルコシアスが真剣な声で遮り、

「また、後でね」

マージョリーが軽く別れを告げ、そして、

二人は、きれいさっぱり、戦いだけに心を向ける。

その手始めと、宙で〝グリモア〟の上に立っていたマージョリーは、本ごと体勢を、ヒョイと傾けた。その傾ける前に顔のあった場所を、濁った紫の炎弾が通り抜けた。背後のビルに直撃して大爆発を起こす。その紫色の炎を背負って、

「さて本当、どうしましょ」

「てめえで考えろい」

動じずに言い合う二人の頭上を、大きな黒い影が紫の火を引いて通過した。それはほとんど減速せずに、爆砕したビルの隣、電子掲示板に頭から突っ込み、しかし足から着地した。吸収しきれなかった衝撃が亀裂となって、掲示板を火花と走る。

マージョリーは、その場で〝グリモア〟をくるりと後ろに向け、火花の中の怪物を見やる。

電光掲示板に九十度傾いて立つ怪物は、飛んできたときと逆の姿勢を、体の形を変えることで

取っていた。

その概観は二足歩行の、腕ばかり太い虎のようだったが、膝から下は鷲の足、そのくせ背中に生えているのは蝙蝠の羽、虎の頭には鬣と角を生やし、オマケとばかり蛇の尻尾まで伸びている。

全く、〝千変〟シュドナイの名に恥じない、無茶苦茶な姿だった。

その頭だけが、首の関節を無視して動き、マージョリーに相対する姿勢を取る。不自然に大きな牙を生やす虎の口から、凄みの効いた笑いを匂わす男の声が響く。

「どうやら今度こそ本気、最後の最期まで、やり合えそうだな」

声に乗って、濁った紫の火の粉が零れる。

「存分に、獣と獣、快楽を交わそう、殺戮の美姫」

マージョリーは小さく舌打ちした。その言う通り、向こうは本気である。しかしこっちは。

「……あんまり、その気にさせてくれない格好ね。仮にも〝千変〟たる者、もう少し見映えのする格好をしてくれないと、ギャラリーに下がっても楽しめやしない」

彼女の声に及び腰を感じ取って、虎の口が苦笑に歪む。

「やれやれ、せっかくの誘いだというのに、つれないことを言ってくれる……が、まあ今なら、その言葉も相応しく感じられるな。二人、知友の叫喚を伴奏に、熱き夜を過ごした同士」

その全身に、恐るべき力が漲る。

「スッパリ、気持ち良く別れるとしよう」

そろりそろりと、悠二は人あって動かぬ異界を進む。

どうやら作戦は大筋、上手くいっている。

マージョリー・ドーは練達の自在師として、これだけ〝燐子〟などの数が多い、構造も複雑で稼働範囲も巨大な自在法を、一人二人で制御しきるのは無理だ、と判断した。悠二も知る、高名な自在師たる老紳士でも不可能なほど、と彼女は例えたから、この封絶もどきは、相当ややこしい代物であるらしい。

そのマージョリー言うところの変態兄妹（……シャナは大丈夫だろうか？）が、遭遇時に口にしたという。『オルゴール』を起動させる、と。恐らくはそれこそが、この自在法を制御するための宝具なのだろう。

そして悠二は、あのドでかい気配を持った〝千変〟シュドナイが、戦いが始まって早々、ここに張り付いて動かなくなったことを不審に思った。彼をシャナとの戦いに参加させないのは、まあ変態兄妹の嗜虐趣味で説明がつくが、それでもマージョリーという難敵の追撃や探索もさせず、ずっと同じ場所に留め置くというのには、やはりなにかしらの理由があると考えるべきだった。

ここが御崎市の中心である、という単純な構図からも、理由は容易に想像できた。

近く、フリアグネという同じような例からの連想もある。

つまり、『この封絶もどきの全域を制御するための宝具がここにある』ということだ。

そこで悠二は非常に単純な、しかしマージョリーも認めた有効な作戦を立てた。

まず、マージョリーに封絶を維持するための力を集める〝燐子〟もどきを攻撃させる。そうすれば変態兄妹は、彼女を排除せずにはいられなくなる。兄妹はまず離れることはないというから、この任に当たるのは当然、〝千変〟シュドナイということになる。

「ははあ、私に囮やらせようってわけ？」

「ヒッヒ、いやま、有効だろうぜ。体調不良のフレイムヘイズが、封絶破ってトンズラしたがってるように見えるからブッ！」

「お黙り、バカマルコ」

などのやり取りの末、彼女は結局、この囮役を務めることに同意した。彼女自身も、この封絶もどきに自在師としての罠を張りたいとのことだった。

「こっちで百年も過ごしてない、ちょいと物隠すのが上手いからって調子に乗ってるガキどもに舐められっ放しで黙っていられるほど、私は人間が出来てないの」

「んーなもん、見りゃ分かるってブッ！」

「お黙り、バカマルコ」

などなどのやり取りは、まあ、余談。

ともあれ、悠二の出番はその後。マージョリーがシュドナイを誘い出した留守を狙って、その宝具を探し出し、無力化するということだった。

連中も、まさか封絶の中で動ける〝ミステス〟がいるとは思ってもいないだろう。シュドナイをここから離れさせることに躊躇はないはずで、実際マージョリーが暴れ出してから程なくして、彼は出て行った。冗談のように恐ろしげな姿で。

そして、悠二が最も恐れた〝燐子〟も、フリアグネの下僕たちと違って、自律して動けない、あくまで封絶維持のための装置程度の存在であるとの結論を得ている（マージョリー曰く、宝具使い『可愛いマリアンヌ』を筆頭に、彼の〝燐子〟たちは他と比べて高度なものが多かったという）。作り手との意識の同調も、まず戦闘など、他に気を取られることがあれば大丈夫だろう、ということだった。

そのシャナと変態兄妹の戦闘は、どうも乱戦模様だった。住宅地で物凄い力がせめぎ合っている。ともかく、この封絶の中枢を破壊ないし撹乱できれば、少なくとも兄妹の方はなんとかなるはずだった。その護衛という〝千変〟も、足手まといを連れて二人のフレイムヘイズを相手にするほど愚かではないだろう。その点は、なぜかマージョリーが保証している。

（なんにせよ、今の僕のできることは、こういう裏方しかないってわけだ）

シャナが乱戦の場をこっちに振り向けないか、マージョリーが時間稼ぎを上手くやれるか、不安・不確定な要素もあるにはあったが、どうせ現状ではこれ以上のことはできない。

（万全ってのは、できるときと、できないときがある……今は、できない方さ）

と悠二は今の状況を受け入れていた。

（さて、どこだ……？）

いつも歩いている広い歩道だけではない、片側で三車線ある車道、中央分離帯と、そこから幾本も斜めに伸び上がる太いケーブルなど、普段は入れない場所を一人でうろつく、そんな微妙に心弾む非日常感とともに、悠二は〝存在の力〟に関係する器物を探し始めた。

そこは、御崎市の中央に位置する建造物。

真南川にかかる大鉄橋、御崎大橋。

4　愛染の終

テイリエルは、胴を両断された衝撃と虚脱の中、中天へ一線、光跡を引いて舞い上がる紅蓮の飛翔を呆然と見上げていた。視界の端で、鍔広帽子が優雅に宙を舞っている。

（――お兄様が、重傷を、治さないと――）

自分の、ほぼ致命傷と言える損傷を受けた体の治癒は、考慮の内にない。あるのはただ、最愛の兄を守る、それだけ。しかし、

（――『ピニオン』の数が、足りない――）

最愛の兄を一挙に再生させるための力を集められない。張り巡らせた根の各所に妙な障害があって、市街地の外縁部辺りにある無事な『ピニオン』からの供給がうまくいかなかった。

（――こうなれば――）

自分の力の及ぶ範囲にある根、〝存在の力〟を自分たちに向けて流すための自在式、それらを構成する力全てを、急場の治癒に当てるしかない。そして、

（――ああ、あいつを、止めなければ――）

この段階に至って初めて、最愛の兄以外のことに、シャナに思考が向いた。兄を傷付け、また今とどめを刺そうとしている、憎むべき討滅の道具……いや、恐るべき『フレイムヘイズ』。

(――再生と防御、双方を――)

自分の力の及ぶ『ピニオン』は、放出口である巨大花の〝燐子〟も含めて、もう住宅地側に残った三つだけ。急ぎ、これらの構成を全て解いて、〝存在の力〟に変換せねばならない。

(――『揺りかごの園』は、もう維持できない――)

もはや手段を選んでなどいられない。そうでもしなければ、頭上で今まさに自分たちを討滅しようとしているフレイムヘイズの攻撃を凌ぎつつ、兄を再生することなどできない。

(――そうだ、シュドナイとの連絡役の『ピニオン』も、もう必要な――!?)

僅かに意識を向け、仰天した。少年の形をした何者かが、橋の上を、『オルゴール』の近くをうろついている!! シュドナイは爪牙の奴隷と戦闘中で、ここはがら空きだった。

(――〝存在の力〟を全て集めて、阻止しなければ――)

今の状況下、〝燐子〟を操るだけの余裕はない。この監視役も含め、手の届く四つ全ての『ピニオン』の〝存在の力〟を回収して、兄を守る力とする。

(――もう、このフレイムヘイズを放って逃げるしか……けど、まだ、お兄様のために――)

胸を『吸血鬼』に貫かれてから、そう改めて決意するまで数秒。

鍔広帽子が、宙で燃え尽きる。直上から、紅蓮の奔流が迸り落ちてきた。

路面すれすれを蝙蝠の翼で滑空して、シュドナイが迫る。

突進の正面、〝グリモア〟の上に立つマージョリーは、これを闘牛士のようにギリギリでかわした。

「っこの！」

危うく翼を鼻先にかすめて、その背中に群青色の火弾を数発、叩き込む。

それを立て続けに食らいながら、しかしシュドナイは笑う。

「はーっはっはっは！　弱い!!」

傲然と吼えて、鷹の爪を地面に打ちつける。それを支点に、膝から上をぐるりと回し、虎の口を大きく開く。

「炎と言うなら！」

口内が濁った紫色に閃き、同色の炎弾がドカドカと吐き出される。その傍ら、別に開けた口で大きく叫ぶ。

「これくらいはやって欲しいものだ！」

炎弾を食らった高架道路や商店が爆砕され、ひん曲がった街灯や電話ボックスが宙を舞う。

と、崩落する高架の土煙の中から、サーファーよろしく〝グリモア〟に乗ったマージョリー

が滑り出た。その手に取った電柱ほどもある道路標識を、槍投げの要領で構え、

「せえ、の！」

放った。フレイムヘイズの怪力に加え、標識の後ろから群青の炎が噴射される。ほとんどミサイルのようなこの突進を、しかしシュドナイは片手で苦もなく受け止めた。

「込める〝存在の力〟が足りないな。これでは、簡単に自在の干渉を受けてしまうぞ」

また同じように、巨体で道路標識を振りかぶる。その後ろに燃えていた群青の炎が、紫に取って代わられる。その上さらに、先端にも炎が燃え上がった。

「これがっ、手本だ!!」

無造作に放られた標識が、炎の車輪となってマージョリーを襲う。

「っちい!!」

道路を深く削って低空を飛ぶそれを、〝グリモア〟を上昇させてかわす。

その眼前に、濁った紫の怪物が、ヌッと。

「気配りも足りない」

「!!」

両の掌が、マージョリーを両側から押し包んだ。

「手弱女ぶりも、過ぎると無様だな。再戦も、所詮無謀の産物だったか」

「――くう!!」

口答えどころではない。豪腕は万力のように彼女の体を締めあげる。

虎の口が開き、その中にシュドナイの、サングラスをかけた顔が現れた。『弔詞の詠み手』への底意地の悪い面当てだった。その顔が、わざとらしい悲しみの色を浮かべる。

「別れは常に寂しいな」

と、不意にその顔が遠ざかった。否、マージョリーを摑んだ両腕が伸びていた。彼女を先の重しに、グルグルと振り回し始める。

「せめて安らかに逝けるよう、激しく抱き締めていよう」

凄まじい回転が加わり、最後にシュドナイは、言う。

「腕だけで、な」

その両腕が、手首からプツンと千切れた。

マージョリーは立体駐車場の一階に激突し、シャッターを破って中の車を粉々にした。

シュドナイはその直上へと飛び上がり、口からこれまでで最大級の炎弾を撃ち出した。砲弾のようなそれは駐車場の屋上から一階までを一息にぶち抜いて落ち、全てを爆発させた。

一階のシャッターを、今度は逆に中から押し出すように噴き出た紫の爆炎の中、上半身らしき人影が一瞬だけ転がり、すぐ群青の火花になって押し流された。僅かに突き出た腕も、その先にかざされた〝グリモア〟も、すぐ炎に飲み込まれて消し飛ぶ。

「……」

シュドナイはこの、あまりに呆気ない、長きに渡る好敵手の消滅の様を黙って見下ろす。生きるに、また戦うに倦んだフレイムヘイズが迎える、これは典型的な最期の姿でもあった。あるいはフレイムヘイズの絶命による、マルコシアス一瞬の顕現があるかと思い、気を張って待つが、紫の炎を隙間から噴き上げる瓦礫の山には変化が無い。

（……あれだけ気力の萎え果てたフレイムヘイズに、〝王〟が義理立てする謂れもない、か）

シュドナイは輪郭を揺らめかせ、人間の姿に戻った。眼下、墓標としては無粋に過ぎる残骸に、哀れみと好意から、短い弔詞を零す。

「せめて、よき地獄を、マージョリー・ドー」

シャナが指した『贄殿遮那』の切っ先から直下、再びマンションの中庭へと、渾身の炎が迸り出る。この紅蓮の奔流を撃ち放って、しかしシャナは驚愕した。

「――!?」

彼女の直下に、巨大花の消失を埋めたときと似た、しかしさらに速く、さらに高密度の〝存在の力〟が、回路とも血管とも見える曲線に乗って流れ込んでいた。山吹色に輝くその力の流れは自在式に変化せず、ただ一点に集束する。

ティリエルが、『揺りかごの園』の内にある根を届く限り手繰り寄せ、届かない部位は引き千切り、残った『ピニオン』を吸い込み、凝縮しているのだった。

必殺を期した紅蓮の炸裂がマンションを揺るがし、今度は黒焦げにするだけでなく、中庭側の壁を爆圧で押し砕いた。炎と煙が渦巻き踊り、そこにあった全てを焼き尽くす。

続いてシャナは、先の自在法に囚われた経験、そして直下における力の凝縮への警戒から、力を搾り出した体を押して、素早く回避行動を取った。

まさにその瞬間、

「！」

直前まで滞空していた位置に、山吹色の自在式が逆向きの波紋のように集束した。捕らえ損なって、空中でバチン、と火花を散らせる。

さらに真下から、シャナが回避する先に飛び込んでくる影……否、山吹色の光の塊がある。

驚きつつも、シャナはこの突撃を避けた。

光の塊は僅かな距離を置いて空中に静止し、突如、花開くように無数の光を散らした。その中から現れたのは、完全に傷を癒やし、『吸血鬼』を構えた〝愛染自〟ソラトと、彼の背に負ぶさり、首に腕を絡める〝愛染他〟ティリエルだった。

散った光は花弁へと変わって、まるで二人を包むケープのように広がり、滞空する。その花弁の一片一片は、とんでもない量を凝縮した〝存在の力〟の塊だった。

完全にとどめとして放った紅蓮の奔流を防ぎきった上に、これほどの力を保っている……兄妹の思わぬ底力に、シャナは畏怖を覚えつつも気を引き締め、『贄殿遮那』を構え直す。と、その差し出された大太刀を見たソラトが、口を尖らせて叫んだ。

「ボクのだ！　ボクの『にえとののしゃな』をかえせ!!」

「……まだそんなことを」

さすがにシャナは呆れた。この期に及んで、駄々っ子の我侭を聞かされるとは思ってもみなかった。

答えて、兄の肩にしなだれかかるように掴まるティリエルが、物憂気に口を開く。

「──渡して、いた──だきま、す──わよ」

その微妙に反響を伴う声を訝しく思い、彼女に目をやったシャナは、

「──!!」

驚愕した。

帽子をなくしたティリエルの、金髪が被っていると見えた顔半分が、山吹色に燃えていた。よく見れば、兄の首に回された腕も、力なく背にぶら下がる体も、その輪郭を薄れさせ、揺らめかせている。時折、山吹色の炎がチラチラと輪郭からはみ出していた。

それは、この世での顕現の力を失いつつある証拠だった。

「おまえ……まさか、その周りの力は……！」

ティリエルは、燃えて輪郭を失っている頰を兄に寄せ、途切れ途切れの、まるで灯火が風に

揺らめくような声で答える。

「ええ。このケープ——私、じ身——私のお兄様——守る〝あい染、他〟、その——ん在——本質——姿」

言いつつ、その一つきりの目線を、二人を取り巻き輝く華麗な山吹色の花弁に流す。

「あなた——とんでも、ない、一撃——防ぐこと——私のお兄様——治す——と、両方行うに——、〝存、在の力〟——足りな、か——たんですの——だか、ら——」

ティリエルは、皆まで言うのは億劫であるかのように、言葉を切った。

彼ら〝紅世の徒〟が、自身の本質を〝存在の力〟で変換し、この世に現れることを『顕現』という。彼らの行動は全て、この顕現の上に溜めた力を消費することで行われるが、その消費が本質を顕現させている領域にまで及ぶことは、己が存在そのものを削り、消滅させることと同義……『死』に他ならない。

全力を吐き出した戦いの結果としての自滅ではない。他者のため、当然のように我が身を削り、滅びる……この〝愛染他〟ティリエルは、自身の欲望に生きることを常とする〝紅世の徒〟の中でも、特別の例外と言うべきだった。

シャナはそんな彼女の姿に、深刻な疑問を持った。

「……なぜ、そこまでするの？　私なら、自分たちを守るための自在法が破綻したら、敵なんか捨てて、迷わず逃げる」

ぼろぼろのティリエルが、まるで勝者のような――シャナが密かにショックを受けるほどに強い――笑みを浮かべた。

「何度も――いって、差し上――たはずです、けれど――？　私は、お兄様――望み――叶(かな)える――守る、それが私――全て」

頰(ほお)をほとんど混ぜるほどにソラトへと擦(す)り付けながら、見つめる先を兄と同じくする。ただ一点、シャナの持つ『贄殿遮那(にえとののしやな)』に焦点を合わせる。凄(すさ)まじい執念(しゅうねん)が、炎(ほのお)以上に瞳を燃やしていた。

「私の、お兄様――望み――まだ、叶って、いない――だか、ら――私――叶える――邪魔を、す――者から、私はお兄様――守る」

狂ってなどいない。

しかし理屈も打算もない。

それはまさに、理非(りひ)善悪に縛(しば)られず、飾り気のない真(ま)っ直(す)ぐな、確固とした意思の……彼女自身の在り様だった。

シャナは一言、確かめずにいられなくなった。

「それが、おまえの――？」

ティリエルは山吹色(やまぶきいろ)の炎の中、初めてシャナに好意的な、美しいと思える微笑(ほほえ)みを見せた。

その声は、揺れる唇(くちびる)から、しかししっかりと紡(つむ)ぎ出された。

「そう、愛」

不思議な、不快ではない沈黙が、宙にある両者の間を満たす。

それを破ったのは、ソラトの無邪気な、それゆえに凶悪な声だった。

「ティリエル、はやくほしいよ！」

「ええ、ええ、――分か、って――すわ、お兄様」

自分の状態を気遣うこともなく、ただひたすら己の欲望のみを追う兄に、やはり彼女は蕩けるような笑みで答えていた。

シャナは、全く馬鹿な質問をしていた。

「なんで、そんなやつに」

ティリエルは、それには答えなかった。

もうとっくに、答えていたから。

代わりに、消え果てそうな声を絞って、提案する。

「あなたにも――この、どうしようもない――気持ち、感じ、させてあげ――しょうか？」

「――えっ」

戸惑うシャナに、ティリエルは強烈で残酷な声を贈る。

「あの橋に、いま――しょう年が、一人――いますの」

「!!」

全てが伝わった。

シャナは顔色を一気に青くし、ティリエルは満足気に薄く笑う。

「――やっぱり。お兄様――橋、に――」

「うん！」

ソラトは『贄殿遮那』をチラリと見て、しかしティリエルの指示に従う。

華やかな山吹色に輝く花弁のケープが〝愛染の兄妹〟を包み、飛翔を始めた。シャナの大事なものを、坂井悠二という存在を奪うために。

「待っ――!!」

シャナは紅蓮の双翼を燃え上がらせて追う。

御崎大橋に、こいつらが向かう先に、悠二がいる。

（どうしようもない気持ち）

シャナは、灼熱に煮え滾る頭の中、痛いほどの動悸を宿す胸の奥、喪失の恐怖に震える心の底……唐突に起きた、それら異常の深きから、なぜか莫大な力が湧いてくるのを感じていた。

その力が、凄まじい勢いで体を心を衝き動かす。

（どうしようもない、気持ち）

ふとシャナは、前方やや下を飛翔する〝愛染の兄妹〟、ソラトの背に掴まるティリエルが、自分を見て微かに笑ったのを感じた。嘲笑ではないことが、なぜか当然のようにはっきりと分かった。その笑みから、揺れる炎に混ぜて、声が小さく。

「さあ——頑張って」

彼女が、兄と自分、どちらに向けて言ったのか、分からなかった。

ただ、強く思う。

（私は負けない、死なせない——!!）

山吹と紅蓮がせめぎ合いもつれ合いして、御崎大橋へと飛ぶ。

はらはらと、ティリエルの命が花弁として後に散り、消えてゆく。

悠二は現実というものの厳しさと無情さを、ひしひしと感じさせられていた。

ヒーローを気取るつもりはなかったが、それでもなにか、小なりとシャナを助けることができれば、と思っていた。途中までは、上手くいっている、と思った。御崎大橋の道路上に当然のように佇んでいた〝燐子〟が突然、弾けて消えたときは、自分に運が向いてきた、と能天気に喜びもした。

しかし結果は、あまりにも間抜けで、無力感を味わわされるだけのものに終わった。

（そりゃ、そうだよな……）

仮にも〝紅世の徒〟が、自分の自在法のタネを、簡単に手の届く場所に置いたりするわけがなかったのである。人間が触れることはもとより論外だろうが、フレイムヘイズの攻撃を捕捉し、妨害するためにも、この処置は当然だったろう。

悠二は〝燐子〟と同じ、しかしもっと複雑な力の振幅が、はるか頭上で奏でられている（『オルゴール』の名前から、そう連想した）のを、僅かな探索の内に見出していた。

御崎大橋は、いわゆる斜張橋と呼ばれる大きな規模の橋である。概観としては、道路を跨いで立つ『A』の形をした二つの主塔上部から前後に太いケーブルを伸ばし、それで橋の桁を釣る、というもの。

つまり、宝具『オルゴール』は、その主塔の頂に置かれていたのだった。

人間は、飛べない。

当たり前の、しかしシャナと一緒にいると忘れてしまいがちになる、常識の壁。

それが今、厳然と悠二の目の前に立ちはだかっていた。

メンテ用の梯子は高い場所から始まっていて、そこに取り付くことができない。作業用車両のある場所は知らない。あったとして、それを運転することも操縦することもできない。

そこに宝具のあることが分かっていて、しかし並の人間程度の力しか持たない悠二には、なにもできなかった。それに、『並の人間としての力』も、他と比べて、ほとんどないに等しかった。それが一番、堪えた。これればかりは言い訳ができなかった。

でもなにか、今の自分でどうにかできないか、そう思ってうろうろしている内に、

（……）

マージョリーが、あっさり負けてしまった。

そして、彼女を負かした〝紅世の王〟……その周囲に身の毛もよだつ違和感を漂わせる、ダークスーツにサングラスの男、〝千変〟シュドナイが、

（……ど……）

目の前にいた。

逃げる暇さえなかった。

山吹の薄霧に包まれた、人・物、ともに動かぬ静寂の中で、一対一。

（……どうする？）

シュドナイは訝しげな目で、こっちを見ている。それはそうだろう。自分たちの仕掛けの中枢で、いきなり怪しげなトーチに出くわしたのだから。

（……なにができる？）

なにをどうすれば、自分とシャナのためになる？　手持ちのカードにはなにがある？　今の状況でそれをどう切ればいい？　冷静になれ、機転を利かせろ、度胸を据えろ。

（……シャナ）

助けを求めても無駄だ。求めて得られるなら、それもいい。自分は身の程知らずではない。しかし今、助けを求める声は届かない。自分で、やるしかない。

（……シャナが来るまで、時間を稼がないと）

戦いは論外。では話をすべきか。難しい。体にせよ声にせよ頭にせよ、事態を動かしてはいけない。時間稼ぎをするなら、その全てを凍り付かせなければならない。なら、

（……膠着状態を、作るんだ）

ハッタリだ。仕掛けることを躊躇わせるのだ。自分は封絶の中で動ける。それ以外は、まだ知られていない。なら、そこを警戒させればいい。なにか、切れるカードはあるか。

（――あった!!）

そいつの名、恐ろしさ、特性、全てシャナから聞いていた。三人の〝徒〟がなんのために御崎市にやってきたかは、マージョリーから聞いた。シュドナイが腕利きというならなおのこと、この不自然な状況から信じさせ、警戒心を抱かせることができるはずだった。

一縷の望みを託すタネを見つけて、しかし悠二は努めて自然体で立つ。まあ実際のところ、シュドナイに出くわした姿勢のまま、ボーッとしていただけなのだが。

「……？」

軽い運動を終えたシュドナイは、なにやらてこずっているらしい兄妹の援護に向かう途中、単なる確認としてこの御崎大橋に戻ってきた。それが、

（なんだ、こいつは？）

思わぬ闖入者と遭遇してしまった。サングラス越しに観察する。フレイムヘイズでも〝徒〟でもない。なら、〝ミステス〟ということになる。

(……〝ミステス〟だと……まさか……?)

そもそも、なにを目的として〝愛染の兄妹〟と自分がここにやって来たのか。その意味に思いをやり、戦慄する。じわり、と全身に変容の力を準備して、重く問う。

「……貴様、何者だ」

(来た!!)

緊張から、腹痛と頭痛と眩暈と耳鳴りに襲われながらも、悠二はじっくり溜めて、答える。

「……我が名は」

低く、抑制を効かせた声で、とどめの一言。

「〝天目一個〟」

それは、かつて『贄殿遮那』を振るい、フレイムヘイズ〝紅世の徒〟問わず、血風惨華と斬り倒してきた、恐るべき化け物の名。その本体たる大太刀と同じく、いかなる自在法の干渉も受けず、ただ〝紅世〟の臭いを追って斬る、史上最悪の〝ミステス〟の名。

ここにいる以上、悠二という存在には当然、その可能性があった。

そしてやはり、シュドナイはサングラスの向こうで目を剝いた。

(――かかった!!)

悠二は作戦を誇る笑みを押し隠し、自分の演技力でどこまでできるか、虎の威を借る狐よろしく、踏ん張れるだけ踏ん張ろう、と心に決め――

「ゴアアッ!!」

シュドナイは唐突に吼えつつ両腕を虎の頭に変え、銃の抜き打ちのように炎弾を立て続けに打ち出した。手前の路面から砕いて、炎弾は次々と怪しい〝ミステス〟に命中し、濁った紫色の爆発と燃焼を起こす。

しかし、

「……むっ!?」

煙と炎の薄れたそこには、やはり〝ミステス〟が無傷のまま、平然と立っていた。

シュドナイはこの確認の結果に苦い表情となり、両腕の虎を差し出したまま、警戒体勢を取る。噂通りなら、いつどんな恐ろしい斬撃が襲ってくるか、分かったものではない。

やがて、相対する〝天目一個〟は顔を伏せ、姿勢を低くした。左の腰元に両腕を硬く据える構えを取る。それは、まるで刀を抜き打ちする寸前のように見えた。

その手の先には僅かな〝存在の力〟の集中が見られるだけで、実際に刀は見えていないし、構え自体も微妙に素人臭く思えるが、そんなことで油断するわけにもいかない。むしろ剣筋や間合いが予測し辛く、迂闊に仕掛けることができなくなった。

「ちいっ」

シュドナイは、思わぬ場所に思わぬタイミングで現れた難敵に舌打ちし、自らも緊張して、この恐るべき〝ミステス〟の一撃を待つことにした。

(とうに消えたと聞いていたが……まさか、『贄殿遮那』があれば、自在に作り出すことができるのか？　なるほど、それを得たフレイムヘイズが強くなるわけだ)

疑念から見当違いな深読みをするシュドナイの頬に、獰猛な笑みと冷や汗が宿る。

対する悠二は、

(し！　し！　し！　し！　死ぬかと、死ぬかと思った――!!)

動悸からの震えを必死に押さえ、衝撃に潤む目を伏せて、なんとか誤魔化していた。

シュドナイの炎弾を受けたときも、もちろん平然としていたわけではない。単に反応できず、硬直していただけだった。炎弾を防げたのも、胸に紐を通してかけている宝具、火除けの指輪『アズュール』のおかげである。ここに来る前、トイレに行っておいて良かった、と心底思う。

この抜き打ちの構えも、毎朝の鍛錬でシャナが棒切れを振るう、その姿の粗雑な模倣である。実は風呂場などで、密かにその格好いいポーズを真似してみたりするなどの、恥ずかしい行為の産物だったりした。

(……で、でも、贅沢は言ってられない……人間万事、サイ、サイ、なんたらだ)

塞翁が馬、である。

とにかく悠二としては、これでハッタリのタネは打ち止めだった。シュドナイは、奇跡的に上手く引っかかってくれている。あとは、これをどれだけ持たすことができるか。

ドキドキ

（け、結局……最後は頼ることになったわけか……）

でも、少しは誉めて欲しいな、とも思った。

どっこい、マージョリー・ドーは生きていた。

「……あ、そっか……」

気絶から覚めて、自分の置かれた状況を思い出した彼女は、呆けた声を出した。瓦礫の山の中、僅かにできた空間に閉じ込められているらしい。服をはたき、狭い中で立ち上がる。

変わらず彼女の小脇にあった〝グリモア〟から、ボフッ、と群青色の灯が漏れ出た。マルコシアスの軽薄な笑い声が響く。

「ヒッヒッヒ！　全く、おめえの往生際の悪さにゃあ感動さえするぜ、我が頑強なる生命、マージョリー・ドー」

状況、声、内容、その全てを受けて、マージョリーはゲンナリとした顔になった。

「……本当に、死んだと思ったんだけどね」

「なーに嘘ついてやがる。奴の一撃食らうのに合わせてダミー放り出して、同時に気配消すなんて芸の細っけえ真似しやがったくせによ」

マージョリーは、この相棒の声に、微量の嘲りが混じっているように思った。不愉快さに声を低くして、訊く。

「なにが、言いたいわけ」

「そーさな、目の前のことから逃げて誤魔化してる間に、後悔の種はどんどん育っちまうってえことか」

なにかを突き付けている。それを感じて、しかしマージョリーは目を逸らした。

「ふん、後悔もなにも……抜け殻には、あるもんですか。だって、もう、特にやることはないんだし……」

「〝銀〟は、どうするよ。放り出すってのか」

ピクリ、と眉だけが動いた。が、すぐにその活力も衰える。

「……どうせ待ってても、勝手に来るんでしょ……？　だったら、自分から動くことなんか、ないじゃない」

「……」

返事はなかった。これ幸いと、マージョリーは嫌な話題を切り上げる。

「さって、と。いつまでもこんな所に埋もれてらんないわね。外はどうなってんのかしら……ケーサク、エータ、自在式は今、どんな感じ？」

「……」

マルコシアスが無言のまま、炎を弱めた。

「ちょっと、なに黙ってんの」

答えはない。

「……なによ、今は戦闘中じゃないから、喋ってもいいのよ」

やはり、答えはない。

「どうしたの、ケーサク、エータ、なんとか言いなさい！　マルコシアス、どうしたの、通信の自在法は途切れてないわよ!?」

「……」

せっつくマージョリーに、しかしマルコシアスは答えず、ただ、火を消した。

マージョリーは驚く。

「ちょ、なに？」

暗闇の中、マルコシアスが、ぽつりと言う。

「さっきから、ずっと出ねえ。物音も、ねえ」

「────え？　なに、なによ、それ」

今度は、答えない。

「ど、どういうことよ、なに言ってんのよ!?　ケーサク!!　エータ!!」

静寂を相手に、マージョリーは怒鳴り続ける。

「まさか勘付かれて、〝千変〟に？　あの兄妹が？　なんで、待ってよ！　マルコシアス、なんで起こさなかったのよ!!」

答えはない。

どこからも。

ただ、暗闇だけが彼女を押し包んでいる。

数秒、耐えることもできなかった。

「マルコシアス!!」

マージョリーは絶叫して、目の前の暗闇を殴った。鈍い音がして、それっきり。

やがて、小さな答えが来た。

「おめえの望んだ結果だよ、我が怠惰なる愚者、マージョリー・ドー」

「な――!?」

あからさまな侮蔑の言葉に、マージョリーは絶句した。

「後悔もしねえ抜け殻だぁ？　そう嘯いてる間に、このザマだ。おめえはなんとかすることができた、なのにしなかった、だから、こうなった……どの口で、誰に文句を言うよ？」

彼女は呆然となった。数百年ともにあったこの騒がしくも優しい狼に、こうもあからさまな悪意を持って罵られたことは、一度もなかった。

呆然となった彼女に、マルコシアスは容赦なく追い討ちをかける。

「エータに使命を感じないかと訊かれて、なんと答えたよ？」

（――「今まで好き勝手やってきたしね。なにが使命なのやら」――）

「ケーサクに守ってくれと言われて、なんと答えたよ？」

（――「守る？　今さらそんな大仰なこと言われても、実感なんて湧きゃしないわよ」――）

「コレは全部、おめえの出した答え……しょうがない、で愚図ってた、おめえの答えさ」

「……」

マージョリーは、自分の愚かさに打ちひしがれ、突き付けられたものの重さに挫け、後悔に深く沈んだ……りしなかった。

「――まだよ!!」

彼女は必死に足掻いた。目の前の暗闇を、思い切りぶん殴る。砂埃がパラパラと落ちた。

「まだ話が通じなくなっただけでしょう!!」

「おめえか俺の指示がなけりゃ、ご両人があそこを離れるわけがねえ」

いつになく静かなマルコシアスの理屈にも耳を貸さない。足掻くというのは、ただの感情だからだった。再び殴る。ズン、と衝撃に瓦礫が震える。

「〝徒〟に襲われそうになって逃げたのかもしれない!!」

「『玻璃壇』は〝徒〟を映さねえ。気付いたときは死ぬときさ」

相手がどれだけ正しくても、明らかな事実を目の前にしても、それが認められない。抗い、もがく。また殴る。バシ、と重くひびの入る音がした。

「それを見たの？　聞いたの？　確かめてないんでしょう!?」

「行ったところで、もう全て終わってるだろうよ。トーチにできる喰い滓が残ってりゃいい方だ」

さらに殴る。ゴス、と巨重同士の擦れる音がした。

「じゃあトーチだけでも拾って、あいつらが望んだように連れてってやる!!」

「存在を無くしてからじゃ遅すぎるし、意味もねえな。そこまで惜しむんなら、なんで最初からやらなかったよ」

今度は、両の掌でバン、とすがるように瓦礫を叩く。

「――だって！　もう少し休ませてくれても、甘えさせてくれてもいいじゃない!!　何百年私がやってきて、いきなり全部、それを奪われて、そんな、急に自分を変えることなんてできないわよ！」

マルコシアスは、ハッ、と鼻で笑った。

「それが許されるんなら、ミナミナ幸せで、俺たちも要らねえだろうさ。この世が『どうしようもねえ』のは、攻めるも守るもそいつの勝手、ミナミナ好きにやって、てめえの責任を持つ、誰も逃れられねえ……そういうことなんだからよ」

無慈悲な宣告への答えは、すぐには返ってこなかった。

乱れ荒げられていた息遣いが整えられてから、さらに長い沈黙を経て、ようやくマージョリーは重い口を開いた。

「……やらなかったことは、罪なの……？」

マルコシアスは、即答。

「おめえがそう感じるのならな。それも、勝手さ」

「……………」

今度はややの沈黙を経て、マージョリーは言う。

「……………今度のは、壊したいものじゃない、守りたいものだったのに」

群青色の火の粉が、暗闇に瞬いた。

「またこうやって、なにもかも無くしてから、瓦礫の中、罪に塗れて、這いつくばって、やり直すのね」

やがて火の粉は集まり、小さな、蠟燭ほどの火が点った。

「そーいうこった。おめえは、とっくに選んでんだぜ？　なにもかも無くして、それまでもこれからもどうしようもねえ場所で、まだ立ち上がる……そんな道をよ。もういいや、こんなもんだろ、って放り出さずにな。俺は、そんなおめえに惚れ込んで、俺の炎を預けたんだ」

点った火は、徐々に彼女を照らし出し、その体の表面を燃え広がってゆく。

「まだ、立ち上がる、か……でも、案外、結構、凄く……堪えるわ」

「ご両人に聞かせたいね……で、どうするよ。このままここに、ほとぼりが冷めるまで潜んでるかい？」

強烈な怒りと決意を漲らせた美貌が、既に立ち上るほどになっていた炎に包まれた。

「まさか。可愛い子分を殺されたのよ。こっちの手落ちだとしても、ただじゃ済まさないわ」

「ヒヒ……じゃあ、行くか」

ポーンと一跳び、軽く舞い、二跳び、砲弾のようにぶち上がる。

自分たちを押し包む瓦礫を軽く突き破って、一気に表に出た。

鉄骨を跳ね除け、コンクリートを蹴散らして、傲然と瓦礫の頂にそびえたそれは、
群青色の炎でできた、ずんぐりむっくりの獣。

耳をピンと立て、目鼻を黒く穿ち、鋸のような牙を並べて大きく笑うそれは、〝蹂躙の爪牙〟のフレイムヘイズ、『弔詞の詠み手』が纏う炎の衣『トーガ』だった。

「ん、えっ⁉」

「どわあっ！」

「――――え？」

と驚き転ぶ二人が、下に。

それを見て、
頂から、マージョリーはその二人を呆然と見下ろした。

「……ケ、ケーサク、エータ……？」

いなくなった、消えてしまったと思った二人は、そこにしっかりと存在していた。体中コンクリの粉塵や煤で真っ黒になっている。二人でこの瓦礫を掘り起こそうとしていたらしい。

ク、ク、ク、と必死に笑いを嚙み殺す声が聞こえる。

「…………ちょっ、と……どう、いう、こと……？」

あまりの怒りに、マージョリーは声を震わす。

「ヒッ、ヒヒ、ヒ、まあ、この世もたまにゃ、甘えツラを見せることがあるってえわけだ」

「か、担、いだ、わ、ね……バカ、マルコ」

トーガが、バチバチと爆ぜるような音を立てて燃え上がる。

「あ〜ん？　俺あ、『さっきから誰も出ねえ、物音もしねえ』とは言ったが、ご両人が死んだなんて、一言も言っちゃーいねえぜ？　ご両人も、俺が『ここに埋まってる』って言ったから来ただけだしよ。ミナミナ、おめえの早とちりだろ、ヒヤッヒヤッヒヤ!!」

「……あん、た、ねえ……!!」

ブチブチと、自分の脳の血管が切れるのを、ほとんどマージョリーは実感した。

「マ、マージョリーさん!!」

「姐さーん!!」

下から、二人が瓦礫をよじ登ってくる。

無事だった、二人が。

「……」

マージョリーは、

「……――」

彼らの粉塵と煤に塗れた全身を、血だらけの掌を、涙に崩れた顔を見て、

「――――ッ」

不意に激情が別の方向へと傾くのを感じた。

（――う、うわ、ちょ、待っ!?）

さっきは欠片も出なかったものを今、自分がトーガの中でボロボロと零しているのを感じて、彼女は焦った。今の状態で喋ったら、絶対にバレてしまう。自覚はなかったが、トーガの獣も、思い切り肩を震わせていた。

それに気付かずよじ登ってくる二人に、マルコシアスが明るい声をかけた。

「おおっと、ご両人。マージョリーは今、ボコボコにされて怒り心頭、本気の本気ってとこだ。触ると本当に火傷するぜ」

「え、でも、怪我とかは？」

心配げな佐藤に、マルコシアスは軽く請合う。

「ヒッヒッヒ、この程度で我が不死身の猛者、マージョリー・ドーが傷つくもんかい。むしろ、戦いに向かいたくてうずうずしてるところよ」

「この程度って……」

田中は爆撃跡のような瓦礫の山を見回す。

「早く『玻璃壇』に戻れとさ。今ヒス状態だからよ、下手に絡んだら、このドでけえ手で思いっ切りぶったたかれるぜ？」

マージョリーは声を出せないので、ただ震えながらトーガを頷かせた。

佐藤は、そのマージョリーの様子を見て、確認するように言う。

「……分かりました。もう、大丈夫なんですね？」

マージョリーは再び頷く。

「そうですか。じゃあ、俺たち、戻ります」

それまでの必死さが嘘のようにさっぱりと、佐藤は言った。田中を促して、瓦礫を降りてゆく。田中も降りながら、血だらけの腕を振り上げて大きく叫んだ。

「〝徒〟なんか、ぶっ飛ばしてやってくださいよ！」

また、マージョリーは頷く。

頷きつつ、マルコシアスとの間にだけ通じる声で、言う。

（……お礼、言うべきなわけ、コレ）

（ヒヒヒ、さっきのとコレでチャラ、ってことでどうでぇ）

（全部自分で撒いた種でしょうが……なんなのよ、もう……私、馬鹿みたいじゃない）

(それじゃあ、今やめるかい?)

(んなわけないでしょ……守るものが、あるのに)

トーガの内で、拗ねたような泣き笑いが起きる。

(さあ、非情の世を歌い渡ろう、我が無様なる旅人、『弔詞の詠み手』マージョリー・ドー)

軽くも深い誘いに、静かで強い決意が返る。

(ええ。とびきり惨いのを、聞かせたげるわ。我が憎き相棒、〝蹂躙の爪牙〟マルコシアス)

ふと、マージョリーは、瓦礫の山の下で、子分たちが自分を見上げているのに気付いた。

それに答えるように、トーガの胸を張り、太い腕を翼のように広げて見せる。

そして、せいぜい格好よく見えるように、大きく跳んだ。

戦場へと。


(シャナが、もうすぐ来る)

それを悠二は感じている。

どんどん近付いてくる。物凄い速度で。

嬉しくもあったし、頼もしくもあった。

しかし、物事というのは、順調一本槍で行くことに絶対的な抵抗を持っているものらしい。

(……ど、ど、どうし、よう……)

彼女らが近付いて来ることで、シュドナイはすっかりやる気になってしまっていた。その体中に、『殺し』の力が満ちていくのが、ありありと分かった。

もし炎の類ではない……それこそ今、目の前に掲げられている『両腕の虎の頭』にでも襲われれば、一たまりもない。噛み千切られて、全ては終わりだった。

体が突然、腹の底に氷が溜まったように、重く冷たくなった。

一瞬の後に、自分が消滅しているかも知れない。今まさに、相手はそうしようとしている。

そんな、拒んでいた理解と実感が、どんどん心に染みこんでくる。

いきなり、

カチン、と硬く軽い物がぶつかる音がした。

(……?)

最初、悠二はそれがなんの音であるか分からなかった。またすぐに、

カチカチ、と今度は連続して音が鳴る。

(……)

カチカチカチカチ、とさらに音は速く激しくなる。

(……あ、あ)

ようやく気付いた。自分の歯が、震えて鳴っているのだ。

（止まれ、止まれ、止まれ！）

心で叫んでも、体は言うことを聞かない。形だけの抜き打ちの構えがグラグラと揺れ、崩れてゆく。関節にどうしようもないだるさが満たされて、そこにまた震えが入り込む。

今や悠二は全身を、瘧のように揺らしていた。もう、どうしようもなかった。

「……？」

シュドナイの怪訝な顔つき、それが、

「！――貴様!!」

一瞬の得心で、怒りへと転化する。

（ま）

悠二が思う間に、

（ずい――!!）

ズドン、とその胸に、シュドナイの伸びた腕が突き刺さっていた。腕全体を燃やしていた炎は結界に阻まれ、その境界で途切れていたが、腕そのものは阻みようがなかった。

「この俺をペテンにかけたな？」

悠二を突き刺した腕は、しかし反対側に飛び出ず、その内側に潜っていた。肉体的なダメージこそないが、彼の〝ミステス〟としての本体、秘宝『零時迷子』に向けて、シュドナイはその手を伸ばしていた。存在そのものの消滅の危機だった。

「あ……」

封絶の中で動けるだけの〝ミステス〟、炎を防ぐだけという戦闘のド素人にまんまと騙されていたことに、シュドナイは大いにプライドを傷付けられていた。

「ちっ、なんてことだ。せめて中身くらいは当たりであってくれよ」

虚仮脅しだった〝ミステス〟の中身が、果たして時間の浪費に見合うだけの物かどうか、その無能振りから疑いつつも、シュドナイはより深くへと手を伸ばす。

恐怖に冷える悠二の脳裏に、いつか〝燐子〟に同じことをされた記憶が蘇える。あのときは、シャナが助けてくれた（〝燐子〟ごと斬られたことは、頭から追い出していた……末期の回想くらい、綺麗に思い描きたい）。

しかし今、彼女はここにいない。

彼女がここに来るまでには、まだ少し時間が必要だった。

それを、発達した感覚の中で思い知らされて、悠二は絶望的な気持ちになった。彼女と一緒に居続けたことで、彼女との距離を、別れを、より鮮明に感じる……その酷い皮肉に、怒りさえ抱いた。

そして遂に、シュドナイの伸ばした手が、悠二の奥深くで鼓動しているものに届く。

（あった）

シュドナイはにやりと笑い、

（——シャナ、ごめん!!）

悠二は〝燐子〟のときにも感じたことのない、それ以上……自分の分解と消滅に身構える。

ピシ

不意に、奇妙な感覚が悠二の全身を貫いた。

亀裂（きれつ）の音と、その実感。

「？　っが」

最初悠二は、これは自分が砕（くだ）ける音だ、と思った。

「ぐ、お」

しかし、視覚はその認識を裏切っていた。

「おおお」

聴覚が捕らえていたのは、自分の声ではなかった。

悠二はようやく極限の緊張から覚める。シュドナイがよろめいていた。悠二に伸ばし、潜（もぐ）り込んでいた腕を摑（つか）んで……否、潜り込んでいた部分を失った、腕の傷口を摑んで。

「おおおおおおおおおお————!!」

まるで猛獣（もうじゅう）の断末魔（だんまつま）を思わせるような絶叫。その押さえる傷口は、引き千切（ちぎ）れたのではない、石膏像の折れるにも似た、異様なものだった。濁った紫色の火花が、そこから血のように噴き出している。

身を僅かに屈めて、シュドナイはうめくように言う。

「……か、『戒禁』!? 馬鹿な、俺を、この〝千変〟を退けるほどの『戒禁』だと!?」

「う、う――」

その声の意味を理解する余裕は、悠二にはなかった。ただ、砕け折れたシュドナイの腕が、異様な実在感を持って自分の中に漂っている……その、まるで腕が自分の中に一本増えたかのような悪寒に総身を苛まされ、苦しんでいた。

「一体……何を蔵している、貴様……いや、封絶の中で動く…………?」

ふらついて、うわ言を呟くシュドナイが、ぴたりと止まった。

悪寒でよろよろと下がっていた悠二は感じた。

気付かれた。

「まさか、貴様――そうなのか」

シュドナイの顔に、苦痛以上の巨大な歓喜が浮かび上がっていた。

「う、あ――」

悠二はその表情に、なにかを感じた。強力な〝紅世の徒〟の秘宝を得た、そんな安易な喜びの表出では、決してなかった。

そして、それを確定付けるように、シュドナイは言った。

「まさか、まさかこれほど早く見つかるとは……ク、クク、クククク……」

シュドナイは腹の奥底からの笑いを響かせて、悠二へと……その中の宝具『零時迷子』へと、無事な方の手を、文字通りに長く伸ばす。

悠二は、先の存在消滅にも勝る恐怖を、この姿に抱いた。自分の知らないなにかが、自分にとって決定的なことを左右しようとしている、その直感があった。

「あ、あ——！」

シュドナイの手が、眼前に迫る。今度は逃げられないと分かった。悠二は自分の全てを覆い尽くすようなその手を、ただ震えながら見る。

それが、

「ドカ——ン!!」

と横合いから降ってきた陽気な声で、吹っ飛んだ。

「!?」

その声を上げて、火山弾のように無茶な速度と重量をもって飛び込んできたのは、群青色の炎の塊。シュドナイの本体を横様に蹴っ飛ばしたのは、ずん胴の底にある短足、足の裏。

シュドナイは路上の車、四、五台を転がり潰して、諸共に爆発した。

「——っな、あ、い、生きて——」

ようやっと驚くだけの余裕を取り戻して、悠二は言う。

目の前に再び、死んだと思ったフレイムヘイズがそびえ立っていた。今度は、悠二たちが戦ったときの、戦闘意欲そのもののような、トーガを纏った姿で。

「ふふん、ナーイスタイミング」

「戦機も熟して、程好い食い頃だなあ、ヒー、ハー！」

やり取りする声にも、以前の不敵な弾みがあった。

悠二はその異様な明るさを頼もしく思い、

「調子は戻ったのか、ってえええ――!?」

群青の獣に無造作に掴まれ、思い切り勢いをつけて、投げられた。

シュドナイに向けて。

炎上する車の残骸から身を起こしたシュドナイは、

「……くそッ！」

（俺としたことが、『零時迷子』を前に、我を忘れ――なっ!?）

顔を上げた先、真正面から物凄い速さで迫る、自分の標的の姿に仰天した。

そして、その間に上がっている歌声に戦慄した。

「ハンプティ・ダンプティ、転がり落ちて――」

鏖殺の即興詩!!

「砕けろ！」

悠二が砕けた。

「わあ!!　って、あれ？」

叫び、身を縮めた悠二は、なぜかマージョリーの足下で、砕ける自分を見ていることに気付いた。

「うおお!?」

そんな、偽の悠二が砕ける様に焦ったシュドナイは一瞬の後、その欠片から変じた鳥篭に閉じ込められていた。

「そおりゃあああ――!!」

間髪入れず、彼を足止めの自在法である篭ごと、膨らみ伸びた群青の豪拳がブチ飛ばす。

「ぐはおおおっ!!」

「ペニィ！」

さらに、宙を吹っ飛ぶ彼を、手の先から撃ち出された炎弾が容赦なく叩く。

「ペニィ！　ペニィ！」

立て続けに炸裂するそれは、腑抜けていたときとは比べ物にならない威力を持っていた。

「ペニィ積もればお金持ち、っと!!」

「ヒヤーッ、ハーッ、ターマヤー!!」

とどめのデカい炎弾が炸裂し、シュドナイは煙を引いて御崎大橋の下、真南川へと落ちた。

己が力たる炎の明るさと、奏でる即興呪文の滑らかさに、群青の獣が口をUの字に曲げて満足気な笑顔を作る。

「なんだ、憎しみ以外でも結構、戦えるじゃない」

「みてえだな、ッヒヒ！」

その足下から、悠二が身を起こしつつ文句を言う。

「な、なにすんだよ！　無茶苦茶だ！」

もちろんマージョリーは涼しい顔……というか、獣の笑顔さえ崩さない。

「撹乱のタネに使われたくらいでギャーギャー言うんじゃないわよ」

悠二はまたなにか言いかけて、はっと気付く。

「そ、そうだ、『オルゴール』!!　この上に!!」

言われて、マージョリーは顔をトーガの中から現し、頭上、橋の主塔を振り仰いだ。

「ふうん、なーるほど、でも」

「え？」

「あれはチビジャリの担当ね。こっちはあのグニャグニャ野郎の邪魔をしないと」

「え？　でも、さっき……ううっ！」

言いかけて、悠二は川の中で膨らむ力に怖気を感じた。

「あいつがあの程度で死ぬようなら、誰も苦労しないっての」

マージョリーは再び顔をトーガの内に隠す。獣の牙がジャリン、と居並び揃って笑う。

「嬢ちゃんに教えてやんな」

からかうようなマルコシアスの声を切りに、トーガの獣はボン、と地を蹴って、橋の下へ飛び降りてゆく。すぐに、橋の下から大きな爆発と水飛沫が連続して上がった。

悠二は、御崎大橋から一直線に住宅地へと伸びる大通り、その上空に目を転じた。

（……来た！）

恐らくは〝愛染の兄妹〟だろう山吹色の光と縺れ合いながら、まっしぐらに飛んでくる。

紅蓮の双翼を煌かせる、フレイムヘイズの少女が。

悠二は、黙って指を天に差した。

その悠二の行為に対するシャナの評価は、

（——あの馬鹿！）

というものだった。

（自分が狙われていることも知らないで！）

しかし、彼の指す意味は分かった。御崎市の中心部たるそこ、橋の車道を跨いで立つＡ型主塔の頂点に、『ピニオン』を制御する宝具『オルゴール』があるのだ。

そして、それら使命遂行の状況把握から僅かに遅れて、

(やっぱり、一緒にやってくれた)

そのことを思い、胸を熱く焦がす。

今は自分が僅かに先行しているため顔を合わせることはできないが、ソラトの背にあるティリエルに、あの自分の形を誇ってやりたい気持ちだった。

その気持ちを弾みとして、さらに速く強く、御崎大橋を目指す。

橋のすぐ脇、真南川の川面が連続して爆発した。ティリエルの言っていた助っ人……噂に高い〝千変〟シュドナイと、マージョリーが戦っているのが分かった。彼女の戦闘における判断力を信用するシャナは、この戦闘が自分への援護だと正確に理解する。

この勝負、あとは狙われている悠二を守り、狙っている『オルゴール』を〝愛染の兄妹〟から奪取、あるいは破壊するのみだった。

「アラストール、私のやり方を見ていて」

彼女の言う意味を即座に悟ったアラストールは、静かに答える。

「よかろう、思い通り、思い切り、やるがいい」

シャナは僅かに頷き、紅蓮の双翼に力を注ぎこむ。

その気迫を感じたティリエルが、花弁のケープから一片、山吹の火花を弾けさせた。

「――さぁ――いきます、わよ――彼に――ごぁい拶、を――！」

その散った火の粉は炎弾へと膨らみ、シャナではなく、橋の中央にいる悠二へと向かう。

「ちいっ！」

シャナは舌打ちとともに体勢をくるりと回し、腕を振った。その先から紅蓮の炎が溢れる。

（だめだ、小さい！）

その炎は彼女が念じ描いたものより、かなり小さかった。自身の力が消耗しているというのもあるが、形のハッキリした大太刀や、流れる方向が一直線な奔流を生み出すのと違って、曖昧な炎を構成するには、まだまだ熟練度が足りていないのだった。

溢れ出た炎はティリエルの炎弾を幾つか逃しながらも、その残りを誘爆させた。彼女の正面で。自分の放ったものであるがゆえに至近で、しかも前方を遮る形で、その誘爆は起こる。

「！」

（今だ！）

兄妹が驚き、これをかわす間に、シャナは僅かな距離を、悠二を拾い上げる間を稼いだ。御崎大橋に、そこに立つ少年にぐんぐん近付く。ティリエルの炎弾を追いかける形で。

「悠二、避けて！」

その大音声を聞くまでもなく、悠二は咄嗟に近くの車の陰へと飛び込んでいた。危うくその周囲に着弾して、山吹色の爆発が起こる。

「どわ――――っ!?」

圧力を伴った炎の波が、吹っ飛んだ車と一緒に悠二を無茶苦茶に翻弄する。

その手を、細い指がしっかりと摑んだ。望んでいた声が、凛と響く。

「来て」

悠二は頰も焦げる熱さの中、衝撃に瞑った目を開けもせず、ただ頷いた。強く握り返す。新たな衝撃が、直上への跳躍から飛翔に変わる。炎を突き抜け煙を越える感触が、ただ風を切るものとなってから、悠二はようやく目を開けた。

「うわ」

目の前スレスレを、A型主塔の鉄壁が流れ過ぎて行く。ふと、悠二はこの騒動の始まりで、シャナが屋上に上がってきた動作を思い出した。

その予想通り、シャナは主塔の頂寸前の壁に大太刀の切っ先を浅く刺し、急ブレーキをかけた。華麗に、くるりと回って上辺の端に着地する。

これら一連の動作に振り回された悠二は、危うく上辺に激突しそうになったところを、シャナの細い腕でがっしりと受け止められた。

「ぐえっ!」

と悲鳴を上げる間に、乱暴に放り捨てられる。

「いつつ……、ん……?」

そのショックから覚め、立ち上がろうとする悠二の耳に小さく、音が触れた。

どこまでも金属的な、しかし澄明繊細な音色。

テンポの緩い、しかしどこか緊迫の香るメロディ。

心の琴線を切なく揺らす、清らかな孤高を奏でる楽器。

「……『オルゴール』……？」

悠二は呆然と立って、探していた物を、御崎市を覆った異界の中核たる宝具を、見た。

下から見た感じよりも、意外と広いA型主塔の上辺、長方形の真ん中にポツンと、音と情景の寂しさを漂わせて、それは置かれていた。

粗末な、木目も擦り切れた、木の小箱。

そして今、その切ない音色を転がし零す小箱を挟んだ反対側の端に、山吹色の花弁でできたケープを豪奢に靡かせて、〝愛染の兄妹〟が降り立っていた。

「やっととまった！　ねえ、はやくわたしなよ、ボクの『にえとののしやな』!!」

一人元気な〝愛染自〟ソラトが、懲りずに『吸血鬼』を振り回しながら言う。

その背に負ぶさる〝愛染他〟ティリエルが、

「――さぁ……お兄様――に、渡し、て――」

と、こちらも懲りずに言う。その反響する声には、自分たちの虎の子の宝具『オルゴール』を前にしたためか、余裕の色さえあった。

しかし悠二は、彼女の姿を見て、思わずあとずさっていた。

「な、な……⁉」

ティリエルは既に、顔半分以外の輪郭を保っていなかった。ソラトの胸にぶら下がる手は中途で途切れ、足は広がるドレスと混じって、その判別も付かない。最愛の兄に燃え被さる、一塊の炎となっていた。

山吹色の花弁からなるケープの鮮やかさとともに、彼女はソラトを飾っていた。しかし、そのケープの花弁の数も今や、最初見たときの四分の一ほどまでに減っている。

これぞまさしく、〝愛染他〟本質の姿だった。

そしてそれは同時に、彼女が『贄殿遮那』を欲する兄を助け続けることも意味する。当面、シャナにとっては、それだけが重要なことだった。

(いや、もう一つ、か)

両者の間にある、『オルゴール』。

用法も特性も不明の、しかしこの巨大な異界の中核であるという宝具。兄妹は、ことさらに取り戻そうという動きを見せない。もしかすると、発動には直接手を触れなくても良いのかもしれなかった。

(だとすると、少し厄介か……)

思うシャナに、山吹色の炎に半分浮かぶ美貌からの声が届く。

「――私――少し、おどろ、いて――ますのよ」

少しずつ、その声がしっかりしてくる。

「あれだけ――フレイムヘイ――ズ、としての誇りを、語っていらしたのに」

炎に浮かぶ半分の美貌、それだけが確固とした姿を取り戻していた。

シャナは気付いた。

ティリエルは最後の勝負に向けて、己に残った力を集中している。まるで蠟燭が、燃え尽きる寸前に炎を明るく光らせるように、彼女は強く激しく輝いていた。

「この『オルゴ、ール』の破壊でなく、まずその方、を助けに行かれるなんて」

ティリエルは、自身誇る切り札の宝具を気にする素振りを見せない。ただ、鮮やかな半分の微笑を浮かべて、シャナと、その後ろの悠二に目をやっている。

シャナは、そんな彼女の様子に複雑な戸惑いを覚えつつも、はっきりと答えた。

「この封絶は、既におまえたちを援護する機能を失ってるから、それを維持する宝具の重要性も低い。最初に破壊する必要もない。おまえたちとの戦いだけが重要……だから、こいつをまず拾い上げたのよ」

悠二は、守られることの情けなさと嬉しさを、密かに嚙み締める。この一見、理詰めで殺伐としたシャナの言葉は、実は『悠二を庇いながら戦っている』ことを、はっきりと認めていた。

ティリエルは炎の中、頷く風に顔を伏せる。

「なるほど――たしかに私は、あなたを動揺させ、隙を作るために、その方を真っ先に捕らえるか殺すかしようと考えていましたわ――」

その声には、悪びれる様子もない。

「でも――」

「！」

シャナは身構える。

「――『オルゴール』に対する認識だけは――甘かったようですわね」

「うっ？」

悠二も気付いた。

いつしか、奏でられる音色が変わっている。

「ボクらの『オルゴール』は、すごいんだぞ！　むずかしいじざいほーを、まとめてたくさんつかえるんだ!!」

得意気なソラトの横顔に陶然となって、ティリエルは声を連ねる。

「――ええ、その通りですわ、お兄様。複雑な『ピニオン』稼働のための自在式も、一度これに込めれば、あとは自動的に行ってくれる――」

彼女が目を瞑り、耳を傾ける間にも、ケープから花弁が次々と舞い落ちてゆく。

「――こう、音色を綴って――延々と――」

それは、彼女が新たに『オルゴール』に打ち込んだ自在式を幾重にも使っていることの……

そして、彼女の命が確実に散り果てつつあることの証明だった。

「——欠点は、音色を安定させるためには置いておかねばならないことと、一つの自在式しか奏でられないということ——まあ、『オルゴール』ですもの、しようがありませんわね——」

ティリエルは最後の雄弁とばかりに声を連ね……そして、ゆっくりと、一つきりの目を開く。

そこには、消耗を全く感じさせない強い光が宿っていた。

シャナは、彼女がなんの自在式を『オルゴール』に打ち込んだかを察しつつ、しかし別の一言を……惜別の声を贈る。

「なんて、馬鹿なの」

ティリエルはそれを受け取り、揺れる自身の中から、勝敗いずれにせよ待つものへの恐怖を微塵も感じさせない、明るい声で返す。

「うふふ——ありがとう——でも私は、私のお兄様以外から、賞賛を受けようとは思っていませんのよ——いえ——そう、誰からも——」

最後の最後まで、彼女は〝愛染他〟だった。

「さあ、参りましょう——お兄様——」

そして、妹の許可を得た〝愛染自〟も、剝き出しの我欲のみの答えを返す。

「うん、ティリエル！　ボクの『にえとののしゃな』!!」

対するシャナは、後ろへと、顔を向けずに宣言する。

「大丈夫」

「うん」

悠二との、それだけのやり取り。

それだけで、疲れきった体に、また力が湧いた。

両者の間で、『オルゴール』が鳴っている。

水面下を高速でのたくり進む影を追って、トーガを纏ったマージョリーが宙をすっ飛んでゆく。その腕の先から次々と炎弾が影へと叩き込まれ、水柱が派手に上がった。

と、その水柱の一つを突き破って、海蛇のような化け物、〝千変〟シュドナイの化身の一つが飛び出した。

「おっ、と！」

マージョリーは眼前に迫る化け物にも慌てず、熊のような両腕でこれを挟み潰した。その潰れた部分から、連鎖して群青の爆発が起こり、粉々にする。

と、

「下だ！」

マルコシアスが叫び、その通りに直下からもう一匹、同じ化け物が飛び出した。マージョリーはすぐさま身をかわし、その回避で振った腕を化け物の首に巻きつけた。

「コソコソしてないで出てきなっ、さい!!」

一本釣りよろしく、思い切り引っ張り上げる。

ズズ、と水面が盛り上がり、両腕でしかなかった海蛇の本体、虎のような化け物が、水面を割って飛び出した。

「ゴアアアアア！」

海蛇を切り離すと、その虎の化け物に変じた〝千変〟シュドナイは、新たな腕を伸ばして襲い掛かる。その鉤爪が、思い切りマージョリーを切り裂いた。

と、その彼女が分裂し、彼を円形に囲む。

「**薔薇の花輪を作ろうよ、っは！**」

即興詩を歌うマージョリーに、

「**ポッケにゃ花が一杯さ、っと！**」

マルコシアスが答えて、全周一斉に爆発する。

「ぐおおっ!?」

（おのれ、こうも一方的に……！）

シュドナイは、普段の彼にはないことに、大いに焦っていた。『零時迷子』を蔵した〝ミステス〟に、自身を構成する本質の幾分かをもぎ取られたとはいえ、ここまでの苦戦になるとは思いもしなかった。マージョリーの強さは、全く異常といってよかった。ようやく見つけた『零時迷子』を目の前にして……歯噛みしたい思いとはこのことだった。それに、

(このままでは〝愛染の兄妹〟らも……)

シュドナイは、彼らへの愛着も友情も持ってはいなかったが、自身の信条である依頼を果たし損なうことには、大きな屈辱を感じる。

(しかし、だとすると、あの兄妹と独力で渡り合っているフレイムヘイズも、相当な使い手ということになるが……何者――)

「――うおっ!?」

咄嗟に身を逸らす、その眼前でバクン、とトーガの牙だらけの口が噛み合った。

「ヒャーッハッハ！　美女のベーゼを避けるたあ、どういう了見でえ!?」

気に障るマルコシアスの笑い声を忌々しく思いつつ、蝙蝠の翼を生やして飛び上がる。

(！)

一気に広がった視界に、御崎大橋の主塔が入った。

(まさか？)

そこから一点、目を刺す煌きを受けて、シュドナイは驚愕した。

(紅蓮!!)

見間違うはずもない。

あの色を宿すフレイムヘイズは、広きこの世に、ただ一人。

「――『炎髪灼眼』だと!?」

「ごめーとー!!」

「あ、た、り、だ!!」

馬鹿のような隙を作ったシュドナイの背中に、組んだ両掌がハンマーのような勢いでブチ込まれた。

「ぐわあっ!!」

シュドナイは再び真南川へと叩き込まれる。

(最悪だ！　〝天壌の劫火〟が!!　『零時迷子』と一緒に!!)

ダメージや戦況、全てを吹き飛ばす後悔が、彼を支配した。探し求めていた『零時迷子』を発見した喜びが、一人のフレイムヘイズの出現によって今や、最悪の事態への危惧に取って代わられていた。

(過干渉はまずい！　我々との関わりを気取られたら終わりだ!!)

他者の護衛という稼業に喜びを見出してから初めての選択肢を、彼は採る。矜持も信条も、もはやどうでもよかった。これに比べたら、全く大した問題ではない。

(くそっ、この場に『弔詞の詠み手』さえいなければ――!!)

全ての成り行きをシュドナイは呪い、行動した。

「ん!?」

「なぬっ?」

今度は、マージョリーとマルコシアスが驚いた。

真南川の水面に映る影が薄まり、凄まじい速度で遡り始める。

あの〝千変〟シュドナイが、逃げを打っていた。

寂しさの音色に誘われて、両者は別れを始める。

ソラトが鋭く速く、踏み出した。

その首に腕を絡めるティリエルが、ケープとともに、薄れてゆく。

対するシャナは、持てる全ての力を振り絞って、

「——はあっ!!」

紅蓮の大太刀を真正面に放射した。主塔上辺を焼き焦がしながら、炎の塊は突き進む。

ソラトはその真正面から衝突し、しかし炎を突き破る。『オルゴール』による、幾重もの火除けの自在法を受けた彼は、シャナの炎から完璧に守られていた。

まさに、ティリエルの望むように。

そして、その防御対象に、ティリエル自身は含まれていなかった。

「私の――お兄様」

山吹色のケープが全て、兄を守るために散り果て、

「なんでも――なさって――私が、許し――」

ティリエルの姿も同じく、紅蓮の中に、消えた。

駆けるソラトの足下で、『オルゴール』も、己の音色を愛した持ち主を追うように、最後の自在法を奏で続けながら、溶け去った。

それら、他の何物にも気を向けず、ソラトは、ただ見る。

妹の切り拓いた活路の末にある、自身の欲望の標的を。

それを持つ者は、目に入らない。

シャナは、そんな欲望の盲進を見据え、全く無造作に、手にあった物を放り投げた。

『贄殿遮那』を。

ソラトが当然のことと、それを見上げる。

「あ――ごぶっ!?」

その腹に、シャナが足裏の爆発から全身のバネと動作の流れ、全てを調和させた末に生まれる砲弾の如き拳を叩き込んでいた。さらに、身を折るソラトの両肩に手を掛け、軽業のように回転、その背を踏んで、跳ぶ。

その跳躍の先で彼女が手に取ったものは、

「──『にえ、との──

声の切れを待たず、紅蓮の双翼で真下へと加速した斬撃が、見上げようとしたソラトを脳天から一線、真っ二つに断ち切った。

そして、間を置かない二撃目がその胸に突き立つ。

「ごめん」

シャナは、もういない者へと声をかけ、内側からソラトを粉々に爆砕した。

山吹色の火の粉散る中、宙から落ちてきた『吸血鬼』が上辺に突き立ち、傾く。

それは、主に取り残されたようにも、主の墓標となったようにも見えた。

シャナは全てが終わった後も、『吸血鬼』を前に無言で佇んでいた。

そんな彼女の背中を、同じく黙って見ていた悠二は、不意に肩を叩かれた。

「うわっ!?」

「そっちも片付いたみたいね」

驚き振り向いた先に、マージョリーが立っていた。もうトーガも解いている。

「ヒヒ、そっちも? 逃がしたってのも、まあ、たしかに片付いたといや、片付いたようなもんだがよ」

「お黙り、バカマルコ」

　マージョリーはマルコシアスの〝グリモア〟を、バン、と叩く。

　悠二は、また驚いた。

「逃がした⁉　あいつ、またやってくるんじゃ……？　なんだか僕の中の宝具に、妙に興味持ってたみたいだし……」

　あの、自分をなにかとんでもないことに巻き込もうとしていたように思える〝紅世の王〟の姿が再び脳裏に浮かんで、背筋が寒くなる。そういえば、胸の中でもげた腕も、まだ感触が残っていて気持ちが悪かった。

　しかしマージョリーたちは、全くお気楽に言う。

「いいじゃない。〝紅世の徒〟なんて、逃がすときは逃がすし、来るときは来る、そんなもんよ」

「逃がした当人が言っても、言い訳にしかなんねえけどな、ヒヒブッ！」

　再び、バン、と〝グリモア〟が叩かれる。

「ま、とりあえず今、生き残れたことでも喜んでたら？　あの三人相手なら、それだけで十分に幸運よ」

「慰めになってるのかなあ、それ……」

「別に慰めてなんかないわよ。だいたい、またやってくるとして、あんたがここにいるとは限らないでしょ」

「！」

マルコシアスがさらに言う。

「もっとも、そうなったら、ここに次、〝徒〟が来たときは守れねえってわけだ。どっちにしても、どうしようもねえ。割に合わねえのがこの世ってもんさ」

「――」

悠二は、この二人の軽く放った言葉に、大きな衝撃を受けた。

シャナといつか一緒に行ければ……そう漠然と望んでいた。しかしそれは、母や友人たちを無防備なまま残していくことと同義だったのである。

ここに留まり、次の〝徒〟の到来を待つか。

それとも出て行って、この街を放置するか。

自分だけで決められることでもなく、また簡単に結論の出る問題でもなかった。

悠二は、自分が尽きることのない悩みの道にあることを思い、深々とため息をついた。やっと〝徒〟を追い払ったという達成感も、いつの間にか吹き飛んでしまっていた。

「悠二、なんともない？」

そんな彼の前に、シャナがようやくやって来た。『贄殿遮那』を黒衣の左腰に収めて消す、その姿には、どこか悲痛の風があった。あの〝徒〟の兄妹の死に、感慨のようなものを抱いているらしい。

そのことを不思議に思った悠二は、尋ねようとして仰天した。

「うん、大丈──わっ!? シャ、シャナ！ それ、君の方が!?」

赤黒い血の染みが、首筋から胸元から、夏服やサイハイソックスにもべっとりと付着していた。事態の収まった今になってようやく、悠二はそれに気付いたのだった。

しかし、当のシャナは軽く答える。

「ん？ ああ、これ？ うん、大丈夫。もう傷は塞がってると思う……アラストール」

「うむ」

彼女の体表を、清めの炎が覆った。その紅蓮の中で、体に付いた汚れや血の染みが、水の蒸発するように消えてゆく。

「────」

「ほら、やっぱり塞がってる」

「────」

「……悠二？」

シャナは返事をしない悠二を訝って、自分から彼の方に目を転じた。その先で、

「────」

目を皿のように見開いた悠二が、シャナの真っ二つに斬られた上着の間……白く清められ顕

わになった胸の中央を凝視していた。

黒衣の内から神速の抜き打ちが走り、アラストールが一言。

「峰だぞ」

ドバカ、と久々に脳天を『贄殿遮那』でぶん殴られ、悠二は糸の切れた操り人形のようにぶっ倒れた。よせばいいのに、頭を押さえて無謀な抗弁をする。

「い！　いや、だって心配で」

「足りなかったか」

「みたい」

「ぐばはっ！」

「……楽しそうねえ、あんたたち」

二発目を食らわすシャナと食らって吹っ飛ぶ悠二に、マージョリーが呆れ声で言った。

「そろそろ封絶、解きたいんだけど」

「んーな、じゃれてる暇があんなら、嬢ちゃんもちょいと中の復元を手伝ってくれや」

マルコシアスにも言われて、シャナは――黒衣を寄せて胸を隠し、危うく主塔から落ちそうになった悠二をグリグリと踏みつけて押さえながら――御崎市の全域を灼眼で見やった。

「そういえば、〝愛染の兄妹〟を討滅したのに、まだ解けていないのね？」

「市街地に散らばってる〝燐子〟もどきに、機能を阻害する自在式を埋め込んどいたのよ。あ

そこの〝存在の力〟で、封絶全体を持たせてるわけ。馬鹿(ばか)みたいに集めてたから、復元する分には足りるはずよ」

「ああ、見つけた〝燐子(りんね)〟に仕掛けをするって言ってたのは、このことグエエエ」

「うるさいうるさいうるさい」

シャナは悠二(ゆうじ)をグリグリと踏みつけながら、マージョリーの方に向き直った。

「〝愛染他(あいぜんた)〟の力が弱まったのは、おま……あなたのおかげね。どうもありがとう」

マージョリーは、この素直な感謝にばつが悪そうに苦笑して、肩をすくめる（その足下の行為は、あえて無視した）。

「ふん、いいわよ。こっちがブッちめたいからやっただけ。それに、〝燐子〟もどきを見分けたのはあんたの大切な人だし。なかなか使えたわよ」

「べ、別に大切なんかじゃない！」

「物扱いの方を否定してほしグエエエエエエ」

「うるさいうるさいうるさいうるさいうるさい」

マージョリーは手を振ってシャナのグリグリを中断させた。

「あーほら、もういいでしょ。そろそろ復元するわよ。連中の干渉が消えたから、これも、もうただの馬鹿(ばか)でかい封絶(ふうぜつ)よ。要領は同じ」

「分かった」

二人のフレイムヘイズは、乗っ取った『ピニオン』に残された〝存在の力〟を、封絶内を復元する力へと変換する。

もしティリエルの死と同時に『揺りかごの園(クレイドル・ガーデン)』が解けていたら、戦闘中に出た人的・物的損害は、全て残されたまま動き出していたはずだったから、この封絶の保持はマージョリーの重大な功績と言うべきだった。

実際、御崎(みさき)市には、ここから見下ろす分だけでも相当の被害が出ている。ビルから道路から、車も人も、無茶苦茶に焼かれ砕(くだ)かれしている。人の場合、ただ戦闘に巻き込まれただけなら癒(いや)されもするが、〝存在の力〟を奪われた者はトーチにするしかない。全く、どうしようもないことだった。

そんな、復元といっても、たしかに取り返しのつかないものを含んだ作業を、シャナは人差し指を天に突き上げて、マージョリーは印を結んだ手を前に出して、それぞれ行う。封絶が巨大すぎて、なかなか始まらないが、ともかくも作業を続ける。

それを傍目(はため)に、アラストールはマルコシアスに訊(き)く。

「それで、通常の封絶になったため、〝千変(せんぺん)〟は逃げおおせることができたというのか」

「あー、たぶんな。味方の全滅で自分の退路ができるたあ、笑えねえ顛末(てんまつ)さ、ヒッヒッヒ!!」

アラストールは、少し間を置いてから、改めて言う。

「……その品の悪い笑い声は止(や)めろ、〝蹂躙(じゅうりん)の爪牙(そうが)〟。癇(かん)に障(さわ)る」

「人の豊か〜な感情表現にまで口出すなよ、カタブツ大魔神……おっと、それより〝千変〟で思い出したぜ」

「なんだ」

「その兄ちゃん、ただの〝ミステス〟じゃねえ、『戒禁』持ちだ。野郎、眼の色変えてやがった」

「!!」

アラストールの驚きを感じて、悠二が身を起こそうとする。

「な、なんのことグエエ、も、もういいだろ!?」

「……」

いい加減のしつこさに文句を言うと、指を突き上げたままのシャナも足をどけた。許したのではなく、『戒禁』という予想外の言葉に警戒感を持ったのである。

しかしアラストールは、それについての即答を避けた。

「……ふむ、その件は、日を改めて詳しく聞こう。当分、この街に滞在しているのだろう?」

「ああん? まあ、我が麗しの酒杯、マージョリー・ドーはその気だろうがよ」

「ん〜、まあ、ね」

マージョリーは曖昧な声を返すと、前に出した指を、パチンと鳴らした。復元への道筋は作った。あとは、水の低きに流れるように修復も治癒も行われ、封絶も解けてゆくだろう。

シャナも手を下ろし、そして……始まった光景に、驚きの声を漏らした。

「あ……」

そこにある皆が、それぞれの声で感嘆を示した。

主塔頂点から見渡す街の全域に、鮮やかな山吹色の輝きが広がっていた。

市街地に幾本も伸び上がり花開いた『ピニオン』たちから散ってゆく、その華麗な輝きは、人を癒し物を直す、復元のための力に変換された、山吹色の火の粉。

あれだけの死と破壊を振り撒いた戦いの幕引きとは思えない、
それはまるで、一面に咲き乱れる花園だった。

散り行き、消える、刹那の花園。


それから程なく。

封絶が解けるまで僅かという段階になって、シャナは唐突に思い出した。

「──あっ!!」

「わっ!? シャナ?」

花園の散る様を座って見ていた悠二は、その危機感の塊のような声に、思わず腰を浮かせた。

「は、早く学校に戻らないと!!」

「へ？　あ、ああ、そういえば」

なにか、〝紅世の徒〟に関する変事でも起こったかと身構えた悠二は、拍子抜けした。

「もし封絶が解けたときに僕らがいなかったら、どうなるんだ？」

これは、しっかり襟を合わせた黒衣の胸元にいる、アラストールへの質問である。

「トーチ消滅の場合と、原理的には同じだ。不自然さを無理矢理に納得させるために、意識と記憶の変化が起こる」

「元からいなかったように思わされる、ってこと？」

「そうだ」

悠二は、この異界が発生したとき――なんだかひどく前のことのように思える――に自分が置かれていた状況を思い出す。

（ああ、そうだ、たしか屋上で池と……いっそ、このままでもいいかも……）

などと及び腰になる悠二とは対照的に、シャナは酷く焦っていた。

「そんな話どうでもいいから、戻るわよ！」

「なにそんなに慌ててるんだ？」

「いいから!!」

シャナは絶対に、なかったことにするつもりはなかった。悠二を抱え上げようとして、黒衣の中の状況を思い出す。

「あ、ふ、服、どうしよう⁉︎」

体は炎によって清められていたが、服には血の染みや切傷がそのまま残っていた。混乱の中で、いきなり切り札を出す。

「――そ、そうだ、千草に！」

「いくら母さんでも封絶の中じゃ動けないって！　落ち着けよ、学校でなにかしてたのか？」

悠二の問いに、シャナはそっぽを向いて答えた。

「なな、なん、なんにもない！　なんにもないわよ‼」

見かねたアラストールが、ため息ついでに提案する。

「……学校には装備品の販売部署があったはずだが」

「購買部のことか？」

悠二の翻訳に間髪入れず、シャナが叫ぶ。

「じゃあ、購買部を襲う！」

「他に言い方あるだろ……でもまあ、今はそれしかないか。お金置いとけばいいだろうし」

その眼前で紅蓮の双翼が燃え上がる。

「飛ばすわよ！　しっかり摑まっ――……手を繋いで。なによ、なんか文句あるの？」

「……いや、もちろん、ない、です、はい」

一連の騒ぎを呆れて見ていたマージョリーに、シャナは振り向いて言う。

「じゃあ、またね！」

手を繋いだ悠二も、宙に引かれながら。

「わ、きょ、今日はありがとう――！」

声を返す間もなく、二人は飛び去った。

残されたマージョリーはそれを見送りながら、ぽつりと言う。

「い、い、い、」

「またね、ありがとう……か」

「ヒヒ、おめえにゃ特に縁のなかった言葉だな」

笑うマルコシアスの〝グリモア〟を、彼女はポン、と叩いた。

「ふう……色々酷い目にあったけど……なんだか、スカッとした」

「そーかいそーかい、そりゃ良かった。俺も胸痛めて嘘吐いた甲斐があったってもんだ、ヒヤッヒャッヒヤ！」

「……それは許してないわよ」

と、そこで思い出して、『玻璃壇』へと呼びかけてみる。

「で、聞いてた、二人とも？」

《ええ。他にやることもないですし……とにかく、うまく片付いたってことですよね？》

答えがある。

《姐さんとマルコシアスの声だけしか聞こえないんで、意味の分からないところが大半でした

けど……ちょっと、悔しいです》

答えがある、それだけのことが、妙に嬉しかった。

「そうね、気が向いたら話したげる。それより、今日は飲むわよ!!」

久々の、憂さ晴らしからではなく出たこの宣言に、なぜか子分二人は沈黙で答えた。

御崎高校一階端の購買部から、シャナは最小サイズの夏服入りの袋を持って出た。乱暴に棚を漁ったお詫び料含めて、豪儀にも万札と引き換えてある。悠二もそのどさくさ紛れに、自分の煤と泥で汚れた服の代わりを頂いた。

シャナは着替えるのに良さそうな場所を探して、誰も彼もが静止する廊下を足早に進む。どうせ皆止まってるんだからどこでもいいじゃないか、という悠二の合理的な意見は、灼眼の一睨みで却下された。その灼眼も炎髪も、今は黒に戻っている。黒衣は当然そのままなので、色合い的に、今の彼女は黒一色である。

そのシャナが、校舎端の廊下に入った辺りで、急に止まった。

後に続いていた悠二は、危うくぶつかりそうになる。

「わ、っと、なに、着替える場所、あったのか?」

シャナは背中を見せたままで言う。

「……今度の戦い、おまえは『ピニオン』を見抜いたり、『弔詞の詠み手』を手伝ったり、色色頑張ってた」

「え――」

頑張ってた。

悠二はそのいきなりな評価の一言を受けて絶句した。感動していた、と言ってもいい。彼女に認められることには、それだけの重みと価値があった。

そしてシャナは振り向く。

「だから、約束のご褒美、あげる」

「え？……………ああ、そういえば――」

悠二としては、別れる前にそんなことを言ったような気がする、程度の思い入れだった。ほんの軽口のつもりだったのに、どうも彼女は真に受けていたらしかった。

（ご褒美ねえ……なにがどう欲しいわけでもない……けど……？）

悠二は、目の前のシャナが、胸に抱いた夏服の袋から目線だけを出して、こっちをじっと見上げているのに気が付いた。

「な、なんだい？」

「……」

返事はない。躊躇いがちに、上目遣いで、しかしどこか切羽詰まったような眼差しで悠二を見つめている。その漆黒の瞳は、僅かに潤んでいるように見えた。心なしか、顔も赤い。

悠二はその様子に、健全だか不健全だかの動悸が不意に高まってくるのを感じた。

(も、もしかして……)

アレ、だろうか。

映画なんかのクライマックスでは日常茶飯事な、そういうこと。

しかし、それが現実にあり得るなどとは、考えたこともなかった。

(まさか……でも)

これは、この彼女の様子は、どう見ても。

(いい、のかな……?)

非常にみっともなくも、悠二は周りを確認してみたりする。封絶がまだ解けていない以上、誰も見ているわけはないが、なんとなくである。もちろん人影はなかった。

夏服の袋で隠れた彼女の可憐なものと触れ合うことを想像して、ゴクリ、と咽喉を鳴らす。

頬どころか顔全体が火の点いたように熱くなり、情けないことに眩暈までしてきた。

いつか彼女を抱き締めたときのような、恥や外聞、打算展望見栄良識、全てすっ飛ばして突き進む力が、再び彼を衝き動かし、体を前に傾けてゆく。

そして瞬き一つの間に、
バン、

「んがっ!?」

と鼻先に叩きつけられた。

「――?」

驚いて目を開けると、視界いっぱいが埋まっている。

メロンパンの袋で。

「とっておきのやつ。美味しい」

とシャナ、無情の言葉。

悠二はそれを受け取って、しげしげと眺める。

昨日か一昨日か、スーパーの売り場で『メロンパンの評価はどのような項目において下されるべきか』を一席ぶたれた結果、買い込んでいた銘柄のものだった。

「――ああ」

その慨嘆は、『やっぱり』なのか、『なんだ』なのか。

極度の緊張からの失望、自分の一方的な早とちりに、悠二は腰が砕けそうになった。未練がましくもう一度、確認する。

「……これ?」

「それ」

シャナは身も蓋もなく告げると、さっさと体を返して、傍らの教室にかかっていた南京錠を据付金具ごと引っこ抜いた。引き戸をがらりと開けて、振り返らず中に入っていく。

と、メロンパンの袋を手に呆然と佇む悠二の耳に、小さな声が届いた。

「嬉しかった」

「えっ」

会話を断ち切るように、シャナは扉を乱暴に、ピシャン、と閉じた。

「……」

その鋭い音にも、悠二は反応しなかった。

脳裏には、ただ一つ、シャナの残した言葉だけが反響していた。

(──「嬉しかった」──)

それは、行為への評価でも、お礼でもない。

彼女の気持ち。

悠二はその一言だけで、全ての悩みと不安を越える力を得られたように思った。

着替えを済ませた二人は別れ、それぞれの場所へと向かう。

悠二は足取り重く、シャナはやや慌てて。

「そうだ」

とシャナは別れ際、急に恐い顔になって言った。

「裏庭、絶対に覗いちゃだめ。もし覗いたら――」

「たら？」

「痛覚を持って生まれてきたことを後悔させてやるから」

思いっ切り本気のその声に、悠二は何度も頷いた。


山吹色の悪夢はようやく去った。

霧は既に晴れ、散っていた花弁も、もはや見えない。

（あとは、あれだけ）

校舎屋上のフェンス際に腰を下ろした悠二は、そのさらに上に広がり、御崎市全域を包む、巨大な陽炎のドームを見上げた。もたれかかった金網が、ギシリときしむ。

（そして、これが始まる……か）

傍らを見やる。

そこに沈痛な面持ちで座っているのは、池速人。

（僕の質問は、届いてたのかな？）

この封絶の発生間際に口にした、重要な問い掛けのことを思う。

答えて欲しいのか、欲しくないのか……よく分からなかった。

ただ、陽炎の消え果てるときを、空を見上げて待つ。

やがて、というほども経たずに、池が口を開いた。

「……どうだろうな。凄く強く『助けたい』とは思ってる。でも、どこからが、『好き』なんだろう？　どこからが、おまえや彼女の言う『そうだ』って気持ちなんだろう？」

それは、問いへの答えであり、また問い返しでもあった。

悠二にはそれが、まるで自分とシャナのことを訊かれているように思えた。答えることができない。池も、それを求めては来なかった。

二人は、ただ空を眺める。

封絶が解け、外と因果の流れが繋がった途端、御崎市の日は暮れ始めていた。

シャナは早足で、裏庭へと向かう。

フレイムヘイズとしての彼女は、急がずとも封絶が解除される前には辿り付ける、と告げていたが、それ以外の……今まで存在していると気付かなかった、それ以外のものとしての彼女は、ひたすら足を速めさせる。

まるで〝愛染の兄妹〟と御崎大橋まで競争したときのような、強い焦燥感があった。冷静になれない。なぜかあの、残虐で横暴で身勝手で高飛車で気に食わない〝愛染他〟ティリエルの声が、脳裏にこだましていた。

(――「どうしようもない――気持ち」――)

全く大したことのない行動、ただ歩く、それだけで息が荒くなる。

そしてシャナは、ついに中断された決闘の場へと帰ってきた。

一人の少女が、まるで彫像のように彼女を睨みつけて待っている。

(……どうしようもない、気持ち……?)

その気持ち、この気持ちが、目の前の気弱な少女にあんな無謀とも思える、自分との対決に踏み切らせ、しかも圧倒した……今のシャナは、そのことを漠然と感じ、また理解できるようになっていた。さっきのご褒美をあげるときも、ティリエルたちのことを思い出して、絶対に嫌だと思っていたはずの行為を、一瞬だけ……

考えている間に、対峙する。

そして初めて、気が付いた。

(あっ……な、なにを、言えば、いいんだろう)

悠二とのことを言うべきだ、とまでは分かった。しかし、悠二とのなにを言えばよいのか、そもそも自分はなにを言いたいのか、そこまでくると混乱が始まる。

あれだけ悠二を急かしてこの場に戻って来たというのに、いざこの場に臨んでみると、その意気込みは空回りして、焦りだけが心を満たしてしまう。もう胸に軽く触れても、動悸が伝わってくる。頭の中にまで響いてくる。

(どう、どうしよう、どうしたら)

あの〝愛染の兄妹〟との戦いの中で、なにかを掴めたように思う。

悠二が一緒にいてくれた、そのことでなにかを得られたように思う。

(……でも、でも、それを、どうやって言えば……)

混乱の中で惑って悩む、その間に、封絶が解けていた。

「あ――」

シャナにとっての最強の敵、

吉田一美が、動き出した。

じっと睨みつけている。

(恐い)

悠二と一緒にいた嬉しさが、この少女に坂井悠二を取られるかもしれない、と思うことで喪失への恐怖に逆転した。シャナは再び、より強く襲ってきたその恐怖に、全身を震わせた。彼女が止まる前、自分はなんと言ったか。頭の中がグチャグチャで思い出せない。それが、

「私だって……なに?」

吉田一美の静かな、強い一声で蘇った。

（——「わ、私、私だって——!!」——）

その熱さ激しさも。

（なんだろう、私は、なにを）

どうすれば吉田一美を止められるのか、全く分からなかった。ただ気持ちを声に変える。

「だめなの！　悠二はだめ!!」

なにを言っているのか、自分でもわけが分からなかった。

一瞬呆気に取られた吉田一美は、むっとなって言い返した。

「だめじゃない！　私は、好きです、って坂井君に言うし、ずるいゆかりちゃんに邪魔されることもないんだから！」

「ずるくなんかない！　だめったらだめなの!!　悠二は私の——」

両の拳を握り、叫ぼうとして、シャナは不意に声を切った。

吉田一美が息を飲んで、その続きを待っている。両の拳が、力なく下がる。

しかし、シャナはなにも言えなかった。

（……悠二は、私の、なに……？）

全く初めて、その問いに彼女は突き当たっていた。

自分が知っているものに悠二を当てはめることができない、悠二は自分の知らないもの、でも自分は悠二とたくさんのものを一緒に持っていて、たくさんのことを一緒にして、それが凄く、凄く嬉しくって——!!

再び両の拳を胸元に上げて吼える。

「悠二は私と一緒にいる方が、絶対いいんだから!!」

しかし、吉田一美は黙らない。

「そんなことない! それを決めるのは坂井君よ!!」

シャナが悠二のことを断言できなかった、そのことが彼女をより強気にしていた。

そんな強気の姿が、今度はシャナを焦らせ、苛立たせる。顔を真っ赤にして怒鳴った。

「悠二のこと、なにも知らないくせに!」

「これから知るもの!」

「そんなの無理よ!」

「なんで無理なの!」

「無理ったら無理なの!」

「……」

「……」

二人はいつしか、額をぶつけるほどに近寄り、睨み合っていた。

暮れ始めた日の中、二人はそのまま対峙し、やがて、

「私、ちゃんと言ったから」

吉田一美は、真っ向から堂々と挑戦した。

シャナはそれを、受けて立つ。

「負けない、絶対に負けない」

沈黙——罵倒し合うよりも強烈なものが渦巻く数秒の沈黙を経て、二人は同時に体を返した。

互いに背を向けて、俄に訪れた下校時刻に慌しく揺れる校舎へと、別々の道筋で戻っていく。

一緒に歩くことは、絶対にできなかった。

エピローグ

漆黒の水晶のような床が、靴音を響かせて進む男の姿を正反対に映している。

そこは、柱と床だけの空間だった。

壁はない。白い円柱が列なす向こう、両の際は、永遠の虚。

天井もない。頭上は一天、望む限りに広がる、明瞭の星空。

やがて男は、円柱の列を抜けて、開けた空間に出た。

円形に柱を配したその空間の中心には、純白の石からなる祭壇が、暗夜の海に浮かぶ氷塊のように競り上がっている。漂う静謐と触れ得ざるものの雰囲気は、古代の神殿を思わせた。

と、不意に男の頭上から、澄んだ、感情の起伏に乏しい少女の声が降ってきた。

「あなたが『星黎殿』に立ち寄るとは、珍しいこともあるものですね、〝千変〟シュドナイ」

シュドナイはサングラスの奥で目を細め、しかしわざとらしく困った口調で言う。

「そう嫌味を言ってくれるなよ、俺の可愛い〝頂の座〟ヘカテー。俺だって、たまにはババアや盟主殿に顔を見せようって気にもなる。忘れられて、居場所がなくなると困るしな」

言いつつ星空を仰いだ彼の頭上に、明るすぎる水色の炎の粒が、まるで星のように幾つも輝き現れた。それは祭壇の中央へと、球形の軌道を巡りながら降り、その内に一つの姿を現した。大きなマントと大きな帽子に着られているような、小柄な少女だった。肩までで揃えられた髪の内に佇む無機質で繊細な容貌は、零下に磨かれた透徹の氷像を思わせる。

少女・ヘカテーは炎の粒と同じ、明るすぎる水色の光を瞳に点し、抑揚の無い声で言う。

「仮にも将たる身が、その程度の認識では困ります。私たちには、果たすべき大命がおおよそ三十、あなたへの分担は八あります。道楽にかまけているあなたが果たしたものは、まだ一つもありません」

その杓子定規な物言いに、シュドナイは苦笑した。

「それと」

とヘカテーは続ける。

「？」

「私はあなたのものではありません」

苦笑は声になった。ヘカテーはやはり気にした様子もない。

「く、くく、そうか、それは残念……まあ、愛の語らいは次に持ち越すとして、ババアはどうした？」

「その呼び方は改めるよう、本人からも要求されていたはずです。ベルペオルなら、所用に出

ています。彼女はあなたと違って、盟約に忠実ですから」

シュドナイは平淡な声の嫌味を聞き流して、肩をすくめる。

「なんだ、あいつにゴマをすれなければ、来た意味がないな」

「どうして、ベルペオルだけなのです」

ヘカテーの意図を察して、しかしシュドナイは表情に嘲りを匂わせる。

「ふん、盟主殿の方には、やるだけ無駄さ。なんせ風見鶏よりもクルクル変わるご機嫌の持ち主だ。それにどうせ、また人間をなぶりに出ていて、ここにはいないのだろう？　悪趣味……いや、むしろ有害ですらあるというのにな」

ヘカテーは冷然と答える。

「私たちは、彼を掣肘できません。彼は、私たちが推戴する盟主なのですから」

「君は、奴に唇を求められても、同じことを言いそうだな」

「彼が望めば。しかし彼は望まないでしょう。なにより、彼は唇を持っていません」

冗談への大真面目な返答に、再びシュドナイは笑った。笑って、祭壇を長い足で大股に上がり、ヘカテーの一段下で屈む。ちょうど正面に立つヘカテーに、顔を寄せる。

「実は、今日はもう一つ、君に取っておきのプレゼントを持ってきた。俺の道楽も、まんざら捨てたもんじゃないってことを、分かってもらえると思うんだがな」

ことさらに、他に聴く者とてない『星黎殿』祭壇の間で、ヒソヒソ話を気取る。

しかしヘカテーは、そのふざけた仕草の中に、本気の色を見て取った。

「……なんですか」

「とても良い報せと、とても悪い報せだ……どっちから聞きたい？」

勿体つけた言い様に、ヘカテーはさっさと釘を刺した。

「まず、煙草を止めなさい。止めないと、今度から内緒話は聞きません」

シュドナイは、これには困った顔をした。


それまでの日々は、誰も知らないところで変わり始める。

知る術もなく、止める者もなく、変転の時は静かに忍び寄る。

世界は、それを抱き、それを秘め、ただ動き続ける。

あとがき

はじめての方、はじめまして。

久しぶりの方、お久しぶりです。

高橋弥七郎です。

また皆様のお目にかかることができました。ありがたいことです。

さて本作は、痛快娯楽アクション小説です。あー、今回はよく斬った爆破した燃やした壊した……と、ガキっぽく満足したところで、次は少し昔の話になる予定です。

テーマは、描写的には「戦闘戦闘戦闘のち決闘」、内容的には「いっしょに」です。シャナは敵のベタラブ全開振りにイライラし、悠二は度胸試しの連続でグロッキーになります。

担当の三木さんは、闘志溢れる人です。降って湧いた災害に怒り心頭です。まあ、こっちはやることやるだけですが。もちろん今回も、互いの弾丸照星に交う撃ち合いが愛（以下略）。

挿絵のいとうのいぢさんは、とても繊細な絵を描かれる方です。III、IVの組になった表紙では、先に両方見ることのできる作者の特権を満喫させていただきました。今回は特に、非常な忙中にも四度、拙作への甚大なる御助力をいただけたことに、深く深く感謝いたします。

県名五十音順に、岡山のS本さん、神奈川のT塚さん（あなたです）、東京のW山さん、長野のI黒さん、兵庫のN波さん、大変励みになりました。どうもありがとうございます。
その関係で最近、本を買ってくださる読者の方々の話と、それに基づく本の作り方というものを担当さんから聞いて、目の覚める思いをしました。これからも頑張ります。

さて、今回も近況で残りを埋めましょう。映像では超有名ボクサー2を久々に通しで見て、その超特級の映像美に感動したり、本では単位の辞典を読んで、どうでもいいことまで定義付けしたがる人の性を垣間見たり、漫画では野望のキングダムを読んで、獣臭い炎の吐息を吹き上げたりしていました。次回、ボクサーが野望の階段を十の百乗ジュールくらいの熱量でもって駆け上がります（嘘）。

というわけで、今回は間を空けていないため、ネタもより不足気味でお送りしました。
この本を手に取ってくれた読者の皆様に、無上の感謝を、変わらず。
また皆様のお目にかかれる日がありますように。

二〇〇三年四月　　高橋弥七郎

◉高橋弥七郎著作リスト

「A／Bエクストリーム　CASE-314［エンペラー］」（電撃文庫）
「A／Bエクストリーム　ニコラウスの仮面」（同）
「灼眼のシャナ」（同）
「灼眼のシャナⅡ」（同）
「灼眼のシャナⅢ」（同）

本書に対するご意見、ご感想をお寄せください。

■

あて先

〒102-8177 東京都千代田区富士見2-13-3
電撃文庫編集部
「高橋弥七郎先生」係
「いとうのいぢ先生」係

■

電撃文庫

灼眼（しゃくがん）のシャナIV

高橋弥七郎（たかはしやしちろう）

2003年8月25日　初版発行
2023年10月25日　43版発行

発行者　山下直久
発行　株式会社KADOKAWA
〒102-8177　東京都千代田区富士見2-13-3
0570-002-301（ナビダイヤル）
装丁者　荻窪裕司（META＋MANIERA）
印刷　株式会社KADOKAWA
製本　株式会社KADOKAWA

●お問い合わせ
https://www.kadokawa.co.jp/（「お問い合わせ」へお進みください）
※内容によっては、お答えできない場合があります。
※サポートは日本国内のみとさせていただきます。
※ Japanese text only

※定価はカバーに表示してあります。

ISBN978-4-04-868964-9　C0193　Printed in Japan

電撃文庫　https://dengekibunko.jp/

電撃文庫創刊に際して

文庫は、我が国にとどまらず、世界の書籍の流れのなかで〝小さな巨人〟としての地位を築いてきた。古今東西の名著を、廉価で手に入りやすい形で提供してきたからこそ、人は文庫を自分の師として、また青春の想い出として、語りついできたのである。

その源を、文化的にはドイツのレクラム文庫に求めるにせよ、規模の上でイギリスのペンギンブックスに求めるにせよ、いま文庫は知識人の層の多様化に従って、ますますその意義を大きくしていると言ってよい。

文庫出版の意味するものは、激動の現代のみならず将来にわたって、大きくなることはあっても、小さくなることはないだろう。

「電撃文庫」は、そのように多様化した対象に応え、歴史に耐えうる作品を収録するのはもちろん、新しい世紀を迎えるにあたって、既成の枠をこえる新鮮で強烈なアイ・オープナーたりたい。

その特異さ故に、この存在は、かつて文庫がはじめて出版世界に登場したときと、同じ戸惑いを読書人に与えるかもしれない。

しかし、〈Changing Times,Changing Publishing〉時代は変わって、出版も変わる。時を重ねるなかで、精神の糧として、心の一隅を占めるものとして、次なる文化の担い手の若者たちに確かな評価を得られると信じて、ここに「電撃文庫」を出版する。

1993年6月10日
角川歴彦

電撃文庫

灼眼のシャナ

高橋弥七郎
イラスト／いとうのいぢ

平凡な生活を送る高校生・悠二の許に少女は突然やってきた。炎を操る彼女は悠二を〝非日常〟へいざなう。『いずれ存在が消える者』であった悠二の運命は!?

た-14-3 0733

灼眼のシャナII

高橋弥七郎
イラスト／いとうのいぢ

『すでに亡き者』悠二は、自分の存在の消失を知りながらも普段通り日常を過ごしていた。悠二を護る灼眼の少女・シャナはなんとか彼の力になろうとするが……。

た-14-4 0782

灼眼のシャナIII

高橋弥七郎
イラスト／いとうのいぢ

吉田一美は決意する。最強の敵に立ち向かうことを。シャナは初めて気づく。この感情の正体を。息を潜め、忍び寄る〝紅世の徒〟。そして、坂井悠二は――。

た-14-5 0814

灼眼のシャナIV

高橋弥七郎
イラスト／いとうのいぢ

敵の封絶『揺りかごの園（クレイドル・ガーデン）』に捕まったシャナと悠二。シャナは敵を討たんと山吹色の空へと飛翔する。悠二は、友達を、学校を、吉田一美を守るため、ただ走る!!

た-14-6 0831

しにがみのバラッド。

ハセガワケイスケ
イラスト／七草

その真っ白な少女は、鈍色に輝く巨大な鎌を持っていた。少女は、人の命を奪う『死神』であり『変わり者（ディス）』だった――。切なくて、哀しくて、やさしいお話。

は-4-1 0803

電撃文庫

銀河観光旅館 宙(そら)の湯へいらっしゃ〜い!
あらいりゅうじ
イラスト/みさくらなんこつ

三助の前に現れた、見ず知らずの幼なじみルカの正体は!? 銀河の弱小旅行代理店地球支部の秘密を知った三助の、うれしはずかしい日常を描く、SFコメディ。

あ-5-4 0603

銀河観光旅館 宙(そら)の湯へいらっしゃ〜い!②
あらいりゅうじ
イラスト/みさくらなんこつ

銀河一の美人ワガママ女優に、林間学校の幽霊騒ぎ……ようやく息の合ってきたルカと三助に、気の休まるヒマはない! SFコメディシリーズ第2弾登場!!

あ-5-5 0691

銀河観光旅館 宙(そら)の湯へいらっしゃ〜い!③
あらいりゅうじ
イラスト/みさくらなんこつ

地球を滅亡させかねない、お客様の「忘れ物」に、突如繁殖を始めた危険な宇宙植物。今日も宙の湯はてんやわんや! 短編5話収録のシリーズ第3弾!!

あ-5-6 0723

銀河観光旅館 宙(そら)の湯へいらっしゃ〜い!④
あらいりゅうじ
イラスト/みさくらなんこつ

銀河連邦政府への報告のため、宇宙へ旅立った三助たちを狙う影!? 地球破壊兵器を止めるのは誰だ! 人気シリーズ第4弾は、ついにスペオペに!?

あ-5-8 0773

銀河観光旅館 宙(そら)の湯へいらっしゃ〜い!⑤
あらいりゅうじ
イラスト/みさくらなんこつ

星の国から来て、その神通力で浜木綿崎を守ったという戦国時代の英雄『鬼姫さま』。祖先の伝説を調べる内、夕子は不思議な事件に巻き込まれていく……。

あ-5-9 0829

電撃文庫

ポストガール
増子二郎
イラスト／GASHIN

荒廃した地上で、人々に手紙を届ける人型自律機械の少女。彼女の中に芽生えた大切な《バグ》。——それは人の心。第1回電撃ｈｐ短編小説賞受賞作登場！

ま-6-1 0682

ポストガール2
増子二郎
イラスト／GASHIN

人型自律機械の少女シルキーは、今日もスクーターで荒野を走る。手紙を、そしてそれに込められた人々の想いを届けるために——。人気短編シリーズ第2弾！

ま-6-2 0830

学校を出よう！ Escape from The School
谷川 流
イラスト／蒼魚真青

超能力者ばかりが押し込まれた山奥の学校。ここに超能力など持ってないはずの僕がいるのは、すぐ隣に浮かんでいる妹の〝幽霊〟のせいであるわけで——！

た-17-1 0784

学校を出よう！② I-My-Me
谷川 流
イラスト／蒼魚真青

突然、往来に血まみれの果物ナイフを持って立っていた神田健一郎。慌てて逃げ込んだ自分の部屋にはもう一人自分がいてそいつもやっぱり驚いて……！

た-17-2 0825

アンダー・ラグ・ロッキング
名瀬 樹
イラスト／かずといずみ

きれいな夕焼け、草原を渡る風、月明かりに浮かぶ船、ゆるやかに続く戦争。14歳の狙撃兵・春と雪生の辿り着く先には……。第2回電撃ｈｐ短編小説賞受賞作。

な-10-1 0800

電撃文庫

ビートのディシプリン SIDE1

上遠野浩平
イラスト／緒方剛志

電撃hp連載の人気小説、待望の文庫化。謎の存在〝カーメン〟の調査を命じられた合成人間ピート・ビート。だがそれは厳しい試練の始まりだった——。

か-7-13 0645

ビートのディシプリン SIDE2

上遠野浩平
イラスト／緒方剛志

ビートを襲う統和機構の刺客。激しい戦いの中、彼の脳裏には過去の朧気な記憶が蘇る。そしてその記憶の中に〝口笛を吹く死神〟がいた——。

か-7-15 0822

キーリ 死者たちは荒野に眠る

壁井ユカコ
イラスト／田上俊介

キーリは死者の霊が見える少女。ある日〈不死人〉のハーヴェイとラジオの憑依霊と知り合い、一緒に旅に出ることに!? 第9回電撃ゲーム小説大賞〈大賞〉受賞作。

か-10-1 0760

キーリⅡ 砂の上の白い航跡

壁井ユカコ
イラスト／田上俊介

キーリは、ハーヴェイとラジオと一緒に砂の海を渡る船に乗ることに。船を降りた後の不安を抱えながら、でも今を楽しもうとするキーリだったが……。

か-10-2 0792

キーリⅢ 惑星へ往く囚人たち

壁井ユカコ
イラスト／田上俊介

キーリとハーヴェイとラジオの兵長は、宇宙船の遺跡に近い街に住むことに。キーリは、バイトも始めて「ずっと住めたらいいな」と思い始めるのだが……。

か-10-3 0827